文春文庫

生きとし生けるもの

北川悦吏子

文藝春秋

生きとし生けるもの

1

たいした特徴もない、無機質な印象の小さな部屋。

成瀬翔（なるせしょう）がその部屋に入るのは、二度目だった。

最初に入った時は、当時の主治医から大腸がんという病名を告知された。その時、この部屋がムンテラルームと呼ばれることを知った。ムンテラとはドイツ語のムントテラピーから来ている言葉で、患者との対話を意味するという。

つまり、この部屋に案内されるということは、わざわざ告げるべき重大な何かがあるということだ。だから、案内されたときから、成瀬には大体の察しはついていた。

しかし、目の前に座る医師・小宮（こみや）はなかなか本題に入ろうとはしない。外科部長だという小宮は、確か五十代。病室を訪れる彼は、いつも穏やかでいかにも人が好さそうに見えるのだが、時に見せる目は鋭く、どうも油断のならない人物、というのが、人間観察にはいささか自信のある成瀬の見立てだ。その小宮は鋭い目を時折こっそりとこちらに向けながら、落ち着いた声で、最近の成瀬の様子について、あれやこれやと聞いてくる。心配なのだろうなと成瀬は思う。支える家族がいない成瀬に、今、告げるべき言葉を告げていいのか少しでも確証を得たいのだろう。

「いや、先生、いいんですよ。いい。もう、いいの」

成瀬は小宮の言葉を遮った。

「スパッと、さっくり、正直に」

成瀬は気軽な調子で言う。それが彼の素の表情なのか、ほんの少し幼く見える。小宮は一瞬戸惑ったように成瀬を見た。まるで、大根でも値切るみたいに。

しかし、小宮は頼れる医師の顔をすぐさま取り戻し、静かに告げた。

「あと……三カ月といったところでしょうか」

「……あっは」

自分の命の残り時間を暴くのに一役買ったのであろうMRIの画像を照らすライトが、ぼうっと光っている。それをぼんやりと認識しながら、成瀬は思わず軽く笑い声をあげた。笑い飛ばしてやろうとかそういうことではない。しゃっくりのような反射的なものだった。

「まぁ、もちろん、こういうことは、はっきりこう、と言えるわけではなく、人によって多少幅はありますが……気の持ちようでもだいぶ変わることもありますし……」

「いいのいいの」と成瀬はますます軽く言った。

「そう、三カ月……」

そうつぶやく口元には、まださっきの笑みが消え切らずに残っている。

しっかりと温度管理の行き届いた大学病院の中にいると季節を忘れがちだが、今の季節は冬。三カ月といえば、ちょうど冬が終わる頃だ。そうか次の桜を見ることなく、自分は逝くのか……。

小宮の鋭い目がこちらをうかがっているのがわかる。ここはかえって取り乱した方が安心させられたりするのだろうか、などとひねくれたことを考えて、そんな自分にまた薄く笑った。

ムンテラルームを出て、病室に戻る間も、戻ってからも、成瀬は告げられた余命のことを考え続けていた。痛みを堪えながら、天井を見上げる以外することもない。考える時間はいくらでもあった。自分の命がそろそろ尽きるということは、わかっていたことじゃないかと成瀬は思う。改めて何が変わるわけでもない。そう思いながらも、思考はどうしても、三カ月という命の刻限に戻っていった。

よかったじゃないか。成瀬は言い聞かせるように思う。七年前、下痢と便秘を繰り返すことが多くなり、ほんの気まぐれで久しぶりに受けた人間ドックで、大腸がんが見つかった。すでにステージⅢで肝臓への転移もあった。それからは痛みに耐える日々だった。痛みに人生を乗っ取られたようなものだ。食欲もなくなり、考えることもまとまらず、十分に眠ることもできない。

いつまでそんな日々が続くのかと、脂汗を流しながら、思い続けた。

やっとそんな人生から解放されるのだ。

よかったじゃないか。

消灯時間も過ぎ、静まり返った病室で、何度も心の中で繰り返す。点滴が一滴ずつ落ちていくのが、ぼんやりと見える。不意に砂時計のようだと思った。そんな風に思った自分の深層心理のようなものに思い至り、成瀬は苦笑しながら、ぎこちなく寝返りを打つ。

遠くでナースコールに応える看護師の声が聞こえる。

ひどく体が重いのに、妙に意識は冴え冴えとしている。

そういや、余命宣告、内科の先生じゃなかったんだなと不意に思った。毎日のように顔を合わせ、痛みや苦しみを訴えてきた相手は、外科の小宮ではなく、佐倉（さくら）という若い内科の医師だ。若いといっても四十代ぐらいだろう。しかし、年輪を感じさせないその風貌は、妙につるりとしていて、成瀬はひそかに彼をボーヤ先生と呼んでいた。

逃げたのか。こういうややこしいこと苦手そうだもんな。

成瀬は勝手に納得する。あのボーヤ先生とも、あと三カ月の付き合いか。

佐倉の顔を思い浮かべ、苦笑する。いや、三カ月も、か。と成瀬は思い直す。あと三カ月も、自分はボーヤ先生と、そしてこの痛みと付き合い続けるのか、と。

三カ月の意味が、不意にわからなくなった。三カ月しかない。三カ月もある。矛盾する思いはどちらも成瀬の中にある。

硝子（ガラス）のような硬質な沈黙が、重苦しく迫ってくる。絶え間なく聞こえる心電図の電子音は、沈黙を際立たせるだけだ。また看護師の声が聞こえないかと耳を澄ませるが聞こえない。隣にいるはずの同室の老人の寝息すら届かない。

押しつぶされそうな沈黙の中、三カ月という数字だけが、頭の中でこだましている。視界のはじでは、点滴のしずくが絶え間なく、落ち続けている。

これまで鎧（よろい）のように身に着けてきたものを、容赦なく引きはがされたような気分だった。ひどく無防備で……心細い。

不意に、涙がひとすじ素直に流れ落ちた。

シュッというかすかな音とともに、マッチに火がともる。

佐倉陸(りく)は慣れた動作でその炎を、目の前のグラスの中央にある芯にゆっくりと近づけた。じれったいほどにゆっくりと火が移っていく。十分にグラスの火が立ち上がったのを確認し、陸はマッチの火を消す。

照明を落としていた室内を、ゆらゆらとした炎がぼうっと照らしだす。

陸はここのところ、このグラス焚き火にはまっていた。室内でもできる焚き火という触れ込みのこの商品は、燃料を燃やすランプのような構造ではあるが、大きく火が上がり、それが形を変えてうねる様を見ていると時を忘れた。

火が燃える様を見るのが好きだ。しかし、東京に暮らしていては、なかなか火を熾(おこ)せる場所などない。いや、今はもう田舎でもなかなか気軽に火を燃やすこともできないのだったか。

このグラス焚き火は薪(まき)の爆(は)ぜる音が聞こえないのは残念だが、手軽に室内で楽しめる点を考えれば十分だ。何より薄ぼんやりとしか辺りが照らし出されないのがいい。一人で暮らすようになってから、掃除の行き届いていない部屋の現実も薄闇に溶けて、まるで何の問題もないような気持ちにさせてくれる。

炎をじっと見ながら、用意していたウイスキーをちびちびと啜(すす)ると、アルコールの力も加わって、ますます現実が遠くなる。寝ても寝ても回復する気配のないこびりついたような疲れも、思い出すだけで叫びだしたくなるような過去の記憶も、自分自身も、とろとろに溶けて、形をなくしていくようだった。

ウイスキーがじわっと空っぽの胃を焼く。そういえば、腹が減ったなあと思った次の瞬間、響き渡った鋭い音に、陸は襲撃にでもあったように体をすくませた。

スマートフォンの着信音だと気づくまでに少しラグがあった。

音はまだ鳴っている。

陸は慌てて、スマートフォンを手に取る。画面に表示された元妻の旧姓に、平手打ちされたような気持ちになりながら、通話ボタンを押す。

「はい、もしもし」

無理に愛想のいい声を出しながら、部屋の照明をつける。焚き火はまだ勢いよく燃えていたが、魔法のような効果は消えていた。目の前にあるのは、捨てそびれたゴミの袋や畳まれていない洗濯ものと洗濯すべき衣類が混在した山など、生活の綻(ほころ)びが暴力的なほどに可視化された部屋だった。料理をしないこともあり、生ごみなど臭いの出るようなゴミがないのがせめてもの救いだ。

耳に届く声は、まるで役場の人間かのようにほとんど温度のない声だった。もう長いことその温度のない声しか聞いていないというのに、未だに慣れない。そんなつもりはまるでないのだろうけれど、自分に対する深い失望を突き付けられているような気持ちになる。

「や、病院呼び出しかと思った」

陸は小さな嘘をついた。仕事では求められているといまさら元妻にアピールしたいわけでもないはずだが、沈黙を埋め立てる勢いで言葉がこぼれた。

「どう、元気？」

相手の面倒そうな空気を無視して、少しおどけて尋ねるが、雑談に応じる気配は微塵もなかった。元気かどうかさえ、教えてくれる気はないらしい。

「ソウタは？　中学なじんだ？　フツーって……」

彼女と暮らす一人息子・ソウタについて尋ねても、返ってくる言葉は「フツー」の一言だけだ。その言葉はいかにもうざったそうで、陸は彼女の怒りを感じ取る。こんな風に、かかってきた電話でついでのようにソウタについて尋ねたことに、後ろめたさを感じないわけではなかった。ソウタが中学生になってから、もう半年以上が経っている。今更、「なじんだ」もないだろう。陸は自分の失言を取り繕うべく慌てて言葉を連ねようとするが、彼女はそれを遮るように、今月分の振り込みが確認できないのだと、端的に告げた。

「えっ、今月分？」

本当に役場と話しているみたいだった。こんなこともできないのかと責められているような気持ちになって、陸はうろうろと落ち着きなく歩き回りながら、慌てて弁解する。

「振り込んでなかったかな。忙しくて。いや、すぐ振り込む。ああ。いや、自動引き落としにする暇もなくて……」

本当のことなのに、嘘のように聞こえる言葉に、我ながらうんざりする。どんな言葉が返ってくるかと戦々恐々としながら耳をすませば、もうとうに電話は切れていた。最後の挨拶を交わす気もなかったようだ。

「俺はもはやATMか……」

自嘲するように口にしてみたが、笑えなかった。

エアコンはしっかりときいているはずなのに、肌寒さを感じて、身震いする。部屋が広すぎるのがよくないのかもしれないと思う。ファミリータイプのこのマンションは、明らかに陸一人には広すぎる。

陸は照明に容赦なく照らし出された部屋を見渡した。やや荒れた部屋の様子に、改めてうんざりする。

くしゃくしゃに丸まった状態のシャツになんとなく手を伸ばしかけた瞬間、再び着信音が響き渡った。一瞬、元妻がかけ直してきたのかと思ったが、画面には小宮外科部長と表示されていた。

「おっと、今度は。はい、もしもし」

先ほどよりはだいぶ楽な気持ちで、電話に出る。小宮は「俺だ」と短く告げると、朝一番に部長室に来るようにと言った。話があるという。小宮は具体的なことは口にしなかったが、あまり聞きたくないような話をされるのだな、と陸は察した。

電話を切ると、陸はグラス焚き火の消火用の蓋(ふた)を手に取った。立て続けの電話に、すっかり興をそがれてしまった。ゆらゆらと燃える火に蓋をかぶせる。火は一筋の煙も残さず、一瞬にして消えた。

さっきまで燃え盛っていたとは思えないほどに、あっけない。

陸は残っていたウイスキーを一気に呷(あお)った。

2

ロッカールームで、洗濯から戻ってきた白衣に袖を通した次の瞬間、陸は思わず「ウッソ」と口走った。

真っ白な胸元に小さな黄色いシミがついている。ほんの小さなシミだが、一度意識すれば、ひどく気になった。

「シミ落ちてないじゃん。イソジン。や、違うか、昼飯のカレーうどんか？」

ぼそぼそとつぶやいて、シミに鼻を近づける。イソジンとカレーうどんのシミはひどく似ているのだ。どうやらシミの正体はイソジンのようだ。カレーうどんよりはましか、と言い聞かせるように思いながら、ぱたりとロッカーを閉じる。

小宮に朝一番に、と釘を刺されていたが、陸の足は自然と病室に向かっていた。特に経過に注意を払うべき患者はもちろん、そうでない患者とも軽い一言を交わしながら、様子をチェックする。うつらうつらと浅い眠りの中にいる者もいれば、待ちかねたというように陸を摑まえて、あれやこれやと世間話をする者もいる。

患者の中には、陸の顔を見るなり、痛みを訴えてくる者もいた。ナースコールを押すほど差し迫った痛みではないものの、実際に相当つらいのだろう、うっすら脂汗をかきながら、期待に満ちた目を陸に向ける。しかし、カルテを確認すると、次に薬を投与できる時間まではまだだいぶ間があった。

患者の目が失望に曇る。だったら、何しに来たと言わんばかりに背を向けられて、陸はとぼとぼと病室を出る。

ナースステーションに足を向けると、中から小宮の声が聞こえてきた。

「おっまえ。ダメだろ。アセリオは、五時間空けろって言ってるだろ」

気配を消してそっとのぞき込むと、小宮が研修医の頭を手にしていた書類でぽんと叩いたところだった。吉岡というその研修医は、表情の乏しい顔に珍しく不満げな色を見せている。

「ちょっとだけ、五分、十分、時間早めただけですよ」

「副作用のリスクが高まるだろ」

小宮は真剣な顔で言った。同じような言葉を、陸も小宮の口から何度も聞いていた。吉岡は唇をぎゅっと引き結んでいた。理屈ではわかっているのだろう。しかし、じゃあ、しょうがないですね、とは素直に頷けない。陸にはその気持ちが手に取るように分かった。

「でも、先生。本当に痛そうなんですよ」

横から口をはさんだのは、看護師の菅田陽子だ。凜とした雰囲気の美人だが、気取った様子など微塵もなく、どんな時でも疲れた顔一つ見せず、てきぱきと働く姿は多くの患者たちから親しまれていた。

陽子は処方された別の痛み止めはまるで効果がないのだと悔しそうに話す。その言葉で、陸は彼らがどの患者の話をしているのか分かった。井上という七十代の末期がん患者だ。もう長いこと入院している彼女は、知的な目をした落ち着いた女性だった。辛抱強い性格なのだろう、彼女がナースコールを押す回数はそう多くない。だからこそ、彼女が痛みを訴えたときにはなんとかそれをやわらげてやりたいのに、強い薬は使いたいときに使えず、弱い薬は思うように効果が出ない。

痛そうに体をぎゅうっと縮める彼女の背を、陽子が何かを話しかけながらさすり続ける姿を、陸は何度も見かけている。

「ロキソニンじゃ、ぜんぜん、効かないんです」

「……そうか」

小宮は深々とため息をついた。

「がんですから」

吉岡は表情をなくした顔で、うつむいたままぽつりと言った。

強い痛み相手に効くわけがないことは小宮も、看護師の陽子も、研修医である吉岡も、皆わかっている。背中をさするのと一緒だ。何かしたいという気持ちで、少しでも効いてくれと祈るように処方している。

「とっととモルヒネに切り換えたらどうでしょう？」

ナースステーションに入りながら、陸はわざと軽い調子で言った。

「え……」

吉岡の目がぎょっとしたように陸を見る。小宮と陽子は慣れたものだ。ただ、あきれたような顔をしている。

「なんちゃって」

わざわざおどけてつけ加えると、小宮は「お前、挨拶は？」と低い声で言った。

「おはようございます」

小宮に向かって、まるで初日の研修医のように、しっかりと頭を下げる。

「小宮先生の老けたキューピーみたいな顔見るより患者さんのニコニコした顔見たいなあと思って、一回りしてきました」

陸はにこにこと笑う。初対面の人にはほぼ例外なく感じがいいと褒められるその笑顔に、小宮は胡乱（うろん）な目を向けると、くっと口の端を歪（ゆが）めた。

「は？　俺は日本のトム・ハンクスって言われてんだ」

頭の中のイメージと比べるように、小宮をちらりと見た吉岡が真顔で首を傾（かし）げている。小宮が「なんだよ、お前は」とうなるように言うと、「あ、いえ」と小動物のようにプルプルと首を横に振った。

陸はこのまま部長室に来るように言われた。吉岡も一緒だという。どうやら、話は吉岡にも関係しているらしい。

部長室のソファに向かい合わせに座ると、小宮は前置きなく、単刀直入に切り出した。

「転移性肝臓がんの成瀬さん。余命宣告した」

「え」

話があると電話で言われたとき、成瀬の顔も頭を過（よぎ）った。まったく予期していなかった話ではない。それでも、驚きと、怒りにも似たような気持ちが声になった。

「言ったんですか？」

質(ただ)しながら、朝、顔を合わせたはずの成瀬の表情を思い出そうとする。黙々とクロスワードパズルを解いていた成瀬に、普段と違う様子はないように見えた。

しかし、あの時にはすでに余命宣告されていたというのか。

「言ったよ。告知した。余命三カ月」

「何で……僕が言おうと思ってた」

侵されたという感覚があった。大事にしていたものに、無造作に手を突っ込まれたという感覚。しかし、責めるような陸の目を、小宮は正面から跳ね返した。

「お前、なかなか言わないじゃん。言えないっていうか」

口調は軽いが、視線は鋭かった。陸はぐっと言葉に詰まり、小宮の目を避けてうつむく。白衣のシミが目に入った。

吉岡は陸の隣で、気配を殺すようにしていた。

部長室にしんと沈黙が落ちる。

「……そもそも余命宣告ってする必要あるんですかね？」

気づけば、言葉が溢れていた。ずっと自分の中にあったその言葉は、自分で思っていた以上に、固く、切実な響きがあった。

横からの刺すような視線を感じた。しかし、陸はじっとシミから目をそらさなかった。

「いや、そりゃ、お前。生きてるうちにしとかなきゃいけないこと、とか。家族への申し送りっつーか」

「成瀬さん、家族いないじゃないですか？」

陸は強い口調で遮った。

「誰にでも余命宣告するってこと自体、おかしな気がします。患者さんの性格にもよるだろうし、環境によるだろうし……」

「一九九七年の医療法の改正により患者の自己決定権が保障されるためにも、説明と同意の義務がある」

小宮は判決でも述べるかのように淡々と告げる。改めて、小宮に言われるまでもない。そんなことは知っている。知ったうえで、陸は余命を成瀬に告げなかったのだ。

「決まったことは、すべて正しいんですか？」

我ながら、なんとも青臭い言葉だった。でも、それは紛れもない心からの疑問だった。

三カ月後にあなたは死ぬ。それまでは、痛みに耐え続けてください。いくら言葉をごまかしても、そういう乱暴な無理難題を、患者に押し付けているのではないか。

成瀬のことは、毎日のように顔を合わせていても、実はまだよく知らない。六十三歳だということ、純文学系の結構な売れっ子作家だったこと、現在、家族と呼ぶべき存在がいないこと。知っているのはその程度だ。あとわかるのは、人たらし、ということぐらいか。病でやつれた精悍な風貌は妙に近寄りがたく、威厳さえ感じるほどなのだが、話してみると、子供のような悪戯っぽい表情を見せることがあり、そのギャップは看護師たちの心を一様に摑んでいた。皆、成瀬とのやり取りを楽しみにしているのだ。

成瀬のことを、陸はあまりにも知らない。そんな彼に余命宣告をするのが本当に正しいことなのか。それが本当に成瀬の人生の幸せにつながることなのか。

「……めんどくせーな、お前。知ってたけど」

小宮はわざとらしい溜息をついた。陸は小宮の苦労を思う。青臭いことを口にしては決まりを破る部下をフォローするのは、大変なことだろう。成瀬への余命宣告だって、小宮がしたかったわけじゃない。陸の尻ぬぐいだ。

それでも、本当に正しいのかという、心の声は消えなかった。

陸はまた視線を落とす。

胸元のイソジンのシミがやけに目についた。

「佐倉先生、さっきのモルヒネの件なんですけれど」

ナースステーションに戻り、カルテを見ながらの打ち合わせの最中、吉岡が唐突に声を上げた。薬の話になったことで、急に思い出したのか、陸の言葉を遮るように、勢いよく話し出す。

「がん末期患者の麻薬の使用は慎重にしなくてはならない。痛みはかなり主観的なものだ。患者の要求通り麻薬を使っていると、どんどん量が増えて来る。そして、すぐに効かなくなってしまう。そうなると悲惨だ。患者の寿命が尽きる時、まだ麻薬という武器を最後の切り札として残しておけるかどうか、それが医者の腕だ……」

自分の世界に入ってしまったかのように、吉岡はまくし立てるような早口で言い募る。

「あら、勉強してんじゃん」

皮肉にも取れそうな陸の言葉に、吉岡は素直に喜び、照れたような笑みを浮かべた。

「俺、佐倉先生の下につきたいと思ってんですよね」

「え、懐かないで。気持ち悪い」

陸は野良猫でも追い払うように、しっしと手で払う。吉岡は「え……」と打ちひしがれた顔で絶句する。あまり表情の動かない、無機質な印象のあった吉岡だが、意外と陸の前では素直な表情を見せる。いつのまに懐かれてしまったのか。先輩らしい気遣いややさしさなど、示した記憶もない陸は妙な居心地の悪さを覚えた。そんな懐かれる人間ではないとつい知らしめたくなって、露悪的に言う。

「だけど、僕は思うね。助かる見込みのない患者さんに、薬使いしぶって、さらなる我慢を強いるのは、サディスティックな気さえする。生きてる時間はもう、そこまでだ。

だったら、患者の欲するとおりに、麻薬を使い、楽な時間を増やしてあげて、麻薬の効かなくなった時点で……」

「終了……」

吉岡がごくりと唾をのむ。陸は手にしていたカルテで、ぽんと吉岡の頭を叩いた。

「お前、言葉気をつけろ」

先輩ぶって注意しながらも、陸にはよくわかっていた。それは、自分が言わせた言葉だと。自分の心に大きく浮かんでいた言葉だと。


「手玉に取る」の語源となった玩具。

ヒントの言葉に、成瀬はボールペンで雑誌をとんとんと軽く叩きながら、少し考える。

「おてだま！」

するりと調子よく答えが浮かび、思わず声が出た。あまり人と話すこともなく、じっと病室で横になっていると、頭が錆びついていくのがひしひしと分かる。別に趣味でもなかったクロスワードパズルをせっせと解くのは、暇つぶしであり、頭のメンテナンスのようなものだ。

頭が少しぐらいぼうっとしている方がこれからの自分にはいいんじゃないか、などと、皮肉めいた考えがちらつきもするが、ただぼうっと天井を見ているよりは、頭を働かせ、マス目を埋めていく方がましだ。何より、ささやかだが達成感も得られる。

「陽子ちゃん。これ、見て。あとここだけ」

成瀬は病床を区切るカーテンの端から顔を出し、隣の病床に向かって、雑誌を掲げた。

隣の病床では、さきほどから陽子がせっせと点滴の用意をしている。

「わ、すごい」

隣の老人にまさに点滴の針を刺そうとしていた陽子は、一瞬手を止め、ちらりと雑誌に目をやった。

「ちょっとちょっと」

老人が焦ったような声を上げる。陽子は肩をすくめて、すまなそうに笑うと、また点滴に集中した。

「イタ、イタタタタ……」

老人がまるで成瀬にきかせるように哀れな声を上げる。陽子は「血管細いから！」と言い訳しながらも、慎重に針を進める。

「あ、でも、行きました。行けました」

明らかにほっとした様子で、老人の細い腕から巻いていたゴムの管をぱちんと外す。

「おお〜今日は一発で」

「一発で」

からかうような老人の言葉を、成瀬はなんとなしに繰り返した。

自分でもなんでそんなことを言ったのかわからない。さっきまで自分の支配下にあったはずの脳が、いうことをきかない。痛い。痛い。痛い。頭の中の言葉はもうそれだけになる。

脂汗が額ににじむ。

「とすると、こっちは……」

痛みを必死に押しのけながら、最後のワードを考える。あと一問で完成するのだ。無性に腹が立った。邪魔されてたまるかと思った。

「はい、今から、点滴入ります」

カーテンの向こうから聞こえる陽子の声をぼんやりと聞きながら、無理やり頭を働かせる。

ＯｐｅｎＡＩが二〇二二年十一月に公開した人工知能。その名前の一部は生成可能な事前学習済み変換器という意味の英語を略したもの。

よりによって、よく知らない分野の問題が最後に来た。記憶をたどって絞り出そうにも、頭が自由になる時間がどんどんなくなっていく。

痛みに成瀬は体を丸める。ぎゅうっと縮こまり、痛みをやり過ごそうとする。気づけば、力の入らなくなった手から、ボールペンが転がり落ちていた。

ボールペンはベッドから転がり落ち、そのまま、隣の病床まで転がっていく。

転がるボールペンに目をやった陽子は、次の瞬間はっとなり、慌ててカーテンを開けた。

「成瀬さん、成瀬さん」

陽子が必死に声をかける。

成瀬は荒い息を吐きながら、陽子をぼんやりとした目で見る。

「大丈夫ですか⁉︎　痛いんじゃないですか？　言ってくださいよ」

成瀬が何か言おうとしているのを察し、陽子が耳を近づける。その耳元で、成瀬は荒い息交じりの声で言った。

「チャットGPT……」

「え？」

呆気にとられたような陽子にむかって、成瀬はにやりと笑う。

「そこの、空欄━」

痛みで思わず握りつぶしていたクロスワードパズルの雑誌を顎で指し示す。

痛みというひどい妨害にあいながらも、最後の答えを何とか絞り出すことができた。

小さな勝利だ。

しかし、そのささやかな喜びも、暴力的な痛みを前に、すぐに塗りつぶされてしまった。

3

真夜中の病院には音が溢れている。患者たちの心音を知らせる機械的な音、何かを訴える声、慌てたような足音。しかし、それらの音は、慣れきっている陸の耳には、意識して聞こうとしなければ、届かない。まるで自分の耳にノイズキャンセリングかなにかの機能があるかのようだ。

うっすらと照らされた廊下を歩き、陸はまっすぐにある病室に向かった。

成瀬の病室だ。

小宮から余命宣告のことを聞いてから、ずっと成瀬と顔を合わせるのを避けていた。痛みへの対処なども陽子たちに任せて逃げ回っていた。子供っぽいことをしているのはわかっていた。小宮の無言の視線も痛かった。

成瀬の病室はしんとしていた。成瀬の隣のベッドは空になっている。

昼までいつも通りだった老人だが、容体が急変し、集中治療室に移ったのだ。彼が告げられた余命にはまだだいぶ余裕があるはずだった。

老人は回復し、またこの病室に戻ってくるかもしれない。余命を残したまま、旅立ってしまうのかもしれない。

余命とはなんだろうと改めて思う。それを聞き、意識したことは、老人にとって本当によいことだったのだろうか。

陸はカーテンにそっと手をかけ、成瀬のベッドを覗き込んだ。

とうにぐっすりと寝ていてもおかしくない時間だったが、成瀬は起きていた。ノートパソコンを膝の上に置いて、イヤホンで何かを聞いている。成瀬は陸に気付くと、隠すようにパソコンをテーブルに移し、イヤホンをパソコンから引き抜いた。

薄明かりの中、少し警戒するような眼で、成瀬は陸を見る。照明を集めて光る眼が、手負いの獣のようだった。

「成瀬さん、どうですか?」

「ノックくらいしろよ」

「カーテンです」

軽口に軽口で答えると、成瀬は鼻で笑った。

「やっと来たかボーヤ先生」

「ボーヤ先生、やめてください。ま、冗談出るくらいなら、だいじょ……」

言いかけて、言葉を切った。何でもないようにふるまってはいるが、成瀬の顔は苦痛に強張っていた。

「……ぶじゃないですね」

ナースコールに伸ばした陸の手を、成瀬はそっと止めた。

「あ、まだ痛み止め使えないよ。落としてから、二時間だ」

「……安定剤か何か」

「この痛みには、焼け石に水だろ」

長いことこの病気とこの痛みに付き合ってきた男の言葉には、説得力があった。そうかもしれないなと陸は思う。とりあえずの気休めだと気づかれている相手に、それでも投薬しようという気は起こらなかった。

「ねえ、先生、痛くて仕方ないんだ」

成瀬は天井を見つめながら、改めて打ち明けるように言った。

「はい……」

「そうでないときは、ただ、天井を見てる」

「はい」

「俺はなんのために生きてる……？」

静かに突き付けられた言葉は、陸に深く突き刺さった。その問いに答える言葉を、陸は持ち合わせていなかった。それらしい間に合わせの言葉さえも、見当たらなかった。

「先生、一日、天井見て過ごしたことある？」

「あります」

「え」

成瀬は驚いたように陸を見る。陸は少し笑った。

「ベッドの上から動けない患者さんは、どんな一日を送っているのだろうか？　と休みの日に、ソファに寝たまま二十四時間過ごしてみました。体勢も変えず」

「トイレは？」

「紙パンツあてて」

「ホント？」

「ホントです。胃ろうは開けるわけにはいかないので、ビタミンゼリー、横に置いときました」

少しでも、どんなことでも知りたくて必死だった。拙い乱暴な方法だったかもしれない。これでわかった気になってはいけないこともわかっている。それでもやってよかったのだと陸は改めて思った。

自分の言葉が成瀬に届いているという感覚がある。それだけでも、やってよかったのだと思えた。

「これは、きっついわ、と正直思いました」

「すごいね、先生。なんか」

成瀬は額に汗をにじませながらも笑った。陸も笑う。今までで一番成瀬を近くに感じた。

「成瀬さん、成瀬さんは、まだ動けます」

天井以外に見られるものだって、まだまだたくさんある。陸はベッドの辺りを見回して、床頭台に置かれた成瀬のスマートフォンに目を留めた。

「平成フラミンゴだって見ることができます」

そう言いながら、成瀬にスマートフォンを差し出すと、成瀬は「なにそれ」と首を傾げた。

「ユーチューバーです」

「面白いの？」

「僕は好きです。あと、アフリカのナミブ砂漠の水飲み場の定点カメラにつなぐことも出来ます。いろんな動物が……これけっこう、患者さんに受け良くて」

病室にいても、遠い砂漠と一瞬にしてつながることができる。自分の上にあるのは殺風景な白い天井だということを忘れるぐらいトリップできる。

そんな可能性を少しでも感じてほしくて、陸は実際に動画を見せようと、成瀬のスマートフォンに手を伸ばす。その手を止めたのは、ぼそっと呟かれた成瀬の言葉だった。

「先生、俺、余命宣告受けたんだ」

「はい、聞きました。部長の小宮から」

陸は姿勢を正して、しっかりと答える。そんな陸を、成瀬はまた光る眼でじっと見つめた。

「俺のこと、殺してくんない？」

まるで、そこのティッシュを取ってくれないかと頼むかのような、軽い言葉だった。しかし、冗談だと笑い飛ばせない切実さがそこにはあった。

陸は努めて、フラットな表情を作る。医師としての、プロとしての平静さを装う。

「最初、大腸から肝臓に転移だろ。もう何年だ？　オペも抗がん剤ももうたくさんだ。苦しいだけで、生きてる意味、ない。これから、キツくなる一方でしょ。それも怖いし、死にたい……」

薄明かりの中、黙ったまま見つめあう。少しでも気が緩めば喉を噛みちぎられそうな、息苦しいほどの緊張。平静を装う頭の中は、侃侃諤諤、様々な思いがわんわんとこだまし、うるさいほどだ。

「……いいですよ」

気づけば、言葉がつるりと滑り落ちていた。一瞬前まであれほどうるさかった頭の中は、妙にしんと静かだ。成瀬の探るような眼を受けても、陸の心は揺らがなかった。この瞬間を、自分は待っていたような気さえした。

「引き受けますよ。それ、僕」

「マジかよ」

「はい。ラッキーセブンです」

陸はしれっと言った。

「僕が内科に来てから、先生、もういいんだ、俺は、私は、もう生きてたくない、死なせてくれないか、って言われたの七人目なんですよ」

「動けない……寝たきりとか？」

「痛みにやられる人もいます」

陸は「これ、ここ」と点滴を指した。命をつなぐための維持液が入った点滴がぽたりぽたりと等間隔で成瀬の体内に送られている。

「ここに、カリウム入れたら、残量がほぼない状態なら五分でいけます。プロポフォール最初に投与しとけば、眠るようにいけます」

成瀬は点滴を見上げた。眠るような最期を思い描いているのだろうか、憧れにも似た眼差しを向けている。そして、本気なのか改めて見さだめるように、じっとまっすぐに陸を見つめた。陸はその視線を正面で受け止める。

「そのカリウムってのは、すぐ手に入るの？」

「すぐではないけど、入ります。フツーに薬品棚に置いてあります」

長い沈黙が訪れた。

陸も成瀬も視線を逸らすことなく、じっと見合っている。

成瀬がごくりと唾をのみ込んだ。大きく動いた喉ぼとけが妙に生々しい。

陸は不意に息が苦しくなった。

医師にあるまじき約束をしたことを早くも後悔しているわけではない、と思う。同情は、あるかもしれないが、それだけとも思えない。

自分でもよくわからない。成瀬が苦痛からの解放をどれほど渇望しているかを生々しく実感させられたからだろうか。

次の瞬間、突如音楽が鳴りだし、陸は体をびくっと竦ませた。

ベッドの上で、成瀬も硬直している。

曲はブルーハーツの「TRAIN-TRAIN」だった。

魂を打つようなストレートな歌声。

どうやら、成瀬の手が、うっかりとマウスに触れてしまい、その拍子に、曲が再生されたようだった。

決して大音量というわけではないが、深夜の病院にその歌声は響き渡った。看護師が気づけば、注意を受けただろう。しかし、二人は止めるということも思い浮かばず、じっと聞き入っていた。

(見えない自由がほしくて、見えない銃を撃ちまくる。本当の声を聞かせておくれよ)

歌詞の言葉が、ひとつひとつずしりと届いた。

ひとしきり聞いたところで、成瀬は惜しむように、そっと停止ボタンをクリックした。

「好きな曲だったんだ」

照れ臭そうに言った後、成瀬は自嘲するように口元を歪めた。

「なんで過去形。自分、死んだつもりか……。今も好きな曲だ」

「見えない自由がほしくて〜、見えない銃を撃ちまくる。本当の声を聞かせておくれよ〜」

陸は呟くように聞いたばかりのフレーズを歌う。成瀬は意外そうに「知ってんの?」と尋ねた。

「名曲だと思います」

「TRAIN-TRAIN」は陸にとっても青春の曲だ。かつてを支えた曲であり、今も現在形で好きな曲でもある。

本当の声か、と陸は思う。

自分が聞いた成瀬の声は、果たして本当の声なのか。知りたい、と陸は思った。この人の声をもっとしっかりと聞きたい。

「成瀬さん」

「ん？」

「でも、生きませんか？　死ぬ前に生きませんか？」

突然の陸の提案に、成瀬が疑うようにその目を細めた。安楽死で釣ろうとしている、と思われたのだと陸はすぐに気づいた。生きることを考えさせるため、安い芝居をうったのだと。

ここで自分を信じろと言い募っても、疑われるばかりだろう。

陸は胡散臭いほどきれいな笑みを浮かべると、成瀬にひとつ宿題を出した。


ベッドの上に体を起こし、成瀬は病室の窓の外を見つめた。

抜けるような青空が広がっている。今日は晴れなのかと成瀬は思う。外の天気を気にするのは久しぶりだった。病院の中では、天候も季節も関係ない。下手をすれば昼と夜も、検査があるか、食事があるかどうかの差ぐらいしかない。

窓から申し訳程度に見える景色は、どこか安っぽい風景画のようだった。なんのヒントにもなりやしない。

首を横に振って、手元のノートに目を戻す。ノートには「死ぬまでにしたい10のこいるが、一文字も書けずにいる。朝、それだけ書いて、ずっとボールペンを手にうなり続けていた。

と」とだけ書かれていた。

隣のベッドを整えていた陽子がひょいとノートを覗き込み、読み上げた。

「死ぬまでにしたい10のこと……」

慌ただしく病室を出ていった隣の老人はまだ戻ってこない。どうしているのか気にはなったが、藪蛇になるのも怖くて聞けずにいる。

「あのとっちゃんボーヤの医者が今日までに考えろってさ。俺に死ぬ前に生きろって。あいつは、青春映画か？」

「とっちゃんボーヤ……あっ、佐倉先生ですね」

陽子は成瀬の言葉にふきだした。

「私は、心の中で、永遠の中二病って呼んでます」

言葉は辛らつだが、表情は優しい。ピンときた成瀬が「好きなの？」と尋ねると、陽子は「えっ」と目に見えて動揺した。

「図星だ」

いい歳をした大人とも思えない初々しい反応に、成瀬は思わず笑顔になる。容貌は全く似ていないのに、陽子の大らかな雰囲気は、どこか初恋の少女を思わせた。むやみに面白がる様子の成瀬に、陽子は「バカなこと言わないでください」とぴしゃりと言う。

「死ぬまでにしたい10のこと。私、四回転ジャンプしてみたいな……。羽生結弦みたいに」

「結婚したんだろ。いや、離婚したんだったか」

「それ、関係あります？」

成瀬のデリカシーに欠けた発言に、陽子はじとっとした視線を注ぐ。成瀬ははあと大きく息を吐きながら、ベッドにひっくり返った。もう目を閉じても、瞼の裏に浮かぶほどに見慣れた天井が目に入る。

「はあ……。俺、なーんもねえんだわ。改めて、言われると、なんもない。ただ、怖い」

初恋の少女と重ねたことで、自然と気持ちが柔らかく、ほどけていたのだろうか。自分でも驚くほど、本音がこぼれ出た。

陽子は自分もどこか痛いような顔でこっちを見ている。

困らせたいわけじゃない。成瀬は「冗談だよ」と笑った。

「そんな顔しないでよ。でも、死ぬってのは、生まれる前に戻るだけなのに、なんで怖いんだろうな。どっちも俺のいない世界だ」

ぽつりと呟く。

ノートも、視界に広がる天井も、頭の中も、真っ白だ。空っぽだ。

痛みに人生を乗っ取られる前は、こうではなかった。野心家で、無駄に自信ばかりがあって、あれもこれも欲しがっていた。それがよかったというわけではない。後悔は多い。しかし、少なくとも、空っぽではなかった。

無から生まれた自分が、無に近づいているようで、また少し怖くなった。


夜、陸が宿題の確認に行くと、成瀬はふてくされたような顔でノートを突き出した。

「えっ、白紙じゃないですか?」

ノートを開いて、落胆が声に出た。死ぬまでにやりたいことを「10」書き出すようにとは言ったものの、「10」どころではないだろうなと思っていた。書き出したら止まらなくなって、何ページにもわたって書きつらねてあるのを期待したのだ。

「お前は、映画の見すぎだよ。いいか、ああいうのはな。犬とか出して、溺れそうなご主人様助けるとか、余命宣告しとけば、ヒットすんだよ」

成瀬はぶつぶつと文句を言っている。余命宣告を受けた人間が次々夢を叶えるなど、所詮フィクションだとでも言いたいようだ。最初から、この宿題に乗り気ではなかったけれど、それでも随分、真剣に考えてはくれたようだ。考える際に無意識につけたのであろう、よく見ればノートには、ボールペンをとんとんと叩いた跡が無数についていた。

「順番に、一番からやって行こうと思ったのに……」

どんな小さなことも、どんなつまらないことも、全部付き合おうと思っていた。昨日の時点で、もう退職願は用意してあった。

ひどく不謹慎なことだとは思いつつも、なんだか遠足の前のような、ちょっとした高揚感さえ覚えていたのだ。

「あ……先生、書き出すほどのことじゃないけど」

不意に窓の外に目をやって、成瀬が思いだしたように言った。

「はい？」

「絵、飾ってあるじゃない？　たいていの病院て」

「ああ、そう言われれば」

「絵、動かないよね」

「はい……」

話が見えない。しかし、成瀬が何か大事なヒントのようなものをつかみつつあるのが分かった。

「窓も、少ししか開かない。飛び下りられると困るから」

「そんなことはっきりと……」

「風が吹かないんだ」

成瀬の心からの声だった。

風か……。

陸は自分が毎日浴びている風を思い浮かべた。陸は毎日バイクで通勤している。元妻はバイクは危ないからと毛嫌いしていたけれど、陸は頑(かたく)なにバイクに乗り続けた。

「どこかで吹いてる風が、俺には吹かない。風、浴びたいかな?」

全身に風を浴びながらの通勤。

ただの移動手段だと思っていたけれど、確かにあれは喜びだ。病院にいる時間よりもずっと生きていると感じられる時間だった。

書き出すほどじゃない、なんてとんでもない。これは立派な願いだ。

陸はにっこりと笑って、成瀬を見る。

それはここ何年も張り付いたようになっている、胡散臭い笑顔ではない、本物の笑顔だった。

4

旅立ちの日は、あつらえたような晴天だった。

陸の背中には、予備のヘルメットをかぶった成瀬がしがみついている。

頼りない患者衣を脱いで、セーターやコートを身に着けた成瀬は、ずいぶんパリッとして見えた。まるでやり手の実業家のようだ。しかし、久しぶりに着る厚手の衣類を重く感じているのか、戸惑いが表情から窺えた。

バイクに乗るのも初めてのようで、最初はまたがるのにも手こずり、ぶつぶつと言っていた。しかし、走り出すなり、無言になった。

途中ちらりと視線を向けると、目をつぶって、風を感じている。その口元に、確かに笑みが浮かんでいるのを見て、陸もまた笑顔になった。

「しっかりつかまってくださいよ。まだつかまれるでしょ⁉」

ごうごうと鳴る風の中、声を張り上げる。

「何言ってんだよ。つかまれるよ」

成瀬は怒鳴り返すと、前に回した手で、陸の脇腹をくすぐった。

「うわっ、やめて」

一瞬、ぐらりとして、悲鳴を上げる。

事故でも起こしたら一蓮托生だというのに、成瀬は笑っている。どうかしていると思いながら、陸もつられて笑った。

陸の腹に回された成瀬の腕は思った以上に力強い。そのことがうれしかった。

「うえい！　うええええええ！」

後ろから奇声が聞こえてきた。

あまりに気持ちよさそうで、陸は笑ってしまう。

陸はアクセルを回し、スピードを上げた。

風が容赦なく、顔をなぶる。

それが心地よかった。

まっすぐな道を、陸はひたすらに走った。

これは、最後の旅だ、と陸は思う。

僕たちの人生最後の旅だ、と。


陸は都心を抜け、郊外にあるキャンプ場に向かった。

昔、何度か行ったことのある、心地よい風が吹く、景色がいい場所だ。

浴びるような風だけでなく、そよぐような優しい風もせっかくなら感じてもらおうと、旅を計画するにあたって、まず最初に予約を入れた。

とはいっても、計画しているのは、このキャンプ場までで、そのあとは、成瀬のノートのように白紙の状態なのだが。

このキャンプ場で、陸はどうしてもバーベキューがやりたかった。

肉や野菜をあれこれ焼くような本格的なものではない。主役はウインナーだ。さほど高いものでなくていい。スーパーで買ってきたようなウインナーを、直火でじっくりとあぶるのだ。

肉はどうしたとぶつぶつ言っていた成瀬だが、焼きあがったウインナーを一口かじると、ぱあっと顔を輝かせた。

「うまいっ」

ウインナーから飛び出た熱い肉汁に口の中を焼かれながら、成瀬は吠える。夢中になって、二本、三本と口にした。陸はその様子をにやにやと見守った。この顔が見たかったのだ。

昔、自分もこの味に感動したのをよく覚えている。

家で食べるのと何が違うのかと思うのだが、確かに違うのだ。

「生きてるな。食べ物が生きてる。病院の食事は、お前、死んでるぞ」

成瀬の言葉に、陸は思わず笑った。病院の食事も、最近ではだいぶ美味しくなってきたとはいえ、基本的に体のための食べ物だ。喜びのための食べ物ではない。

ウインナーの横で軽くトーストしたパンに、ウインナーをはさんで、ケチャップやマスタードを遠慮なくかける。それも成瀬はぺろりとたいらげた。

そして、すっかり腹もくちくなり、焚き火を見つめてぼんやりしていると、不意に、成瀬が、持ってきたノートパソコンを立ち上げ、音楽を流しだした。

今この瞬間には、最高の音楽が必要だと。

成瀬が選んだのはブルーハーツのベストアルバムだった。

二人はコーヒーを飲みながら、次々と流れる名曲に耳を傾けていたが、「TRAIN-TRAIN」が流れたところで、成瀬が歌いだした。陸もつられたように歌う。最初は遠慮がちな小声だったのが、どんどん競い合ううちに、絶叫のような大声になった。

「見えない自由がほしくて、見えない銃を撃ちまくる！　本当の声を聞かせておくれよ」

「TRAIN-TRAIN」を繰り返し再生し、声ががらがらになるまでがなり声を上げ、頭が酸欠でくらくらするまで踊り続けた。

そういえば、と小宮に報告を入れろと言われたことを思い出し、見てもらう方が早いだろうと、思い付きで動画を撮って、勢いのまま、吉岡に送り付けた。

酒など一滴も入っていないのに、二人そろって酔っぱらっているようだった。そんな状態でも、陸は成瀬の様子に気を配っていた。苦しそうな様子がないか、目を光らせていた。

しかし、成瀬は息を切らしながらも、終始楽しそうだった。

普段、ほとんど体を動かしていない陸の方が、早く音を上げ、座り込む。成瀬もどさっとその横に腰を下ろした。体を止めたら、どっと疲れが来たのか、成瀬が少し陸にもたれかかる。成瀬の体は熱を放ち、汗ばんでいる。自分の体も同じぐらい熱くなっているのだろう。冬の冷たい空気が心地よい。

揃って荒い息を吐きながら、しばらく黙って、互いの体温を交換する。

慢性的な疲労は常に感じているが、爽快感さえある疲れは久しぶりのことだ。青春してるなあ、と青空を見上げて思う。

十代、二十代の頃を振り返ったって、自分の人生にこんな瞬間はなかった。

ちらりと成瀬の様子をうかがう。成瀬もまた空を見上げていた。絶え間なく形を変える雲を、まるで不思議な魔法でも見るように、飽きる様子もなく、じっと見つめていた。

その日はキャンプ場にあるバンガローを借りていた。

テントでのキャンプに興味はあったが、成瀬の体調を考えると、いきなりそこまでの冒険はできなかった。

成瀬はさすがに疲れたのか、夕方、バンガローに入ると、しばらく横になっていた。始まったばかりの旅だが、成瀬の体調と気分次第では中断しなければならない。そんな心配もしていたのだが、夜になって起きてきた成瀬が、意外なほど元気そうな、さっぱりとした顔をしていたので、拍子抜けした。

バンガローの外は真っ暗だ。別のバンガローから漏れる明かりが遠くに見えるぐらいだ。病院の薄明るい夜とは違う、自分自身さえも闇に塗りつぶされてしまいそうな真っ暗な夜だった。

成瀬は焚き火がしたいと言い出した。キャンプの夜の醍醐味は、焚き火だろうと一歩も譲らぬ顔で言い張る。陸に異論はない。しかし、準備もなく今から火を熾すのは難しかった。

陸はバイクに括(くく)り付けて運んできた大きなカバンの中から、大きめなキャンドルを取り出し、成瀬をテラスに誘った。

しっかりと厚着をして、テラスに設置されたテーブルに座る。

陸はテーブルの上にキャンドルを置いた。成瀬がしげしげとキャンドルを覗き込む。キャンドルの芯の部分には、小さな木片が埋め込まれていた。これは焚き火の気分が味わえるキャンドルなのだ。

マッチを擦って、火をつける。小さな焚き火はすぐに燃え始めた。かすかではあるが、パチパチと爆ぜるような音もちゃんと聞こえる。木の燃える匂いもする。

「ね、こうして、これは蠟で、あとは、木片ですね。焚き火みたいでしょ」

なぜか自慢げな陸に、成瀬は苦笑する。

「先生、こんなの家でやってんの？」

「これは室内では使えないで、別のですけど。それも簡単にできます」

「火事なんない？」

「一回、燃え移りそうになって。びびりました」

「あぶね」

成瀬が笑う。陸も一緒になって笑うが、あの時は本当に焦った。火の怖さを改めて知った。それでも、陸はグラス焚き火という小さな楽しみを捨てることはできなかった。

「癒されませんか？　火見てると」

存分に焚き火気分を味わうためについてくる、ミニチュアのような小さな薪を足しながら、陸がそっと尋ねる。新たな火種を得て、炎が活気づく。絶え間なく形を変える火は、いくら見ても見飽きなかった。

「俺には、火が生きようとしているように見える」

「え？」

「消えそうになりながら、また、形を変えて、燃える」

成瀬は小さな薪をキャンドルの火の中に置いた。ゆっくりと火が燃え移っていく。

「必死で、生きようとしてるように見える。……死が近いからかな。あなたより」

「いや、あなたが生きようとしてるから、じゃないですか？」

「うまいこと言うねえ。あっは、そんなんで、俺を丸め込もうと」

皮肉っぽく口元を歪めていた成瀬は唐突に言葉を切ると、乱暴に顔をそむけた。一瞬、光って見えたのは、涙だろうか。

陸は気づかないふりで、しばらく炎を見ていたが、すっと立ち上がり、バンガローの室内に向かった。すぐに大きなカバンを抱えて戻ってくる。

呆気にとられた様子の成瀬に向かって、カバンの口を大きく広げて見せる。

「聴診器、消毒液、点滴。これ、ひっかける点滴とかひっかける時用のS字フック。パルスオキシメーター、もあります」

「すごいな。ドラえもんのポケットか？」

成瀬のたとえに、陸は思わず笑った。

「成瀬さんは、人生の最後に……あ、失礼。失言」

「いや、真実。大丈夫」

「人生の最後に」

「二度は言わなくていい」

「あ……」

すいませんと頭を下げながらも、どこかちょっとおかしかった。成瀬と話していると、なぜか自然とやりとりが漫才みたいになってくる。

「プラチナカードを手に入れました。僕です。専属の専門医です」

「ボーヤが、専属かよ。心もとないな」

「ボーヤってなんすか?」

「かわいい顔しやがって、ボーヤだろ。ボーヤ先生」

つるりとした童顔なのは自分でもわかっていた。研修医に間違われ続ければ嫌でも自覚する。生きてきた歳月がしっかりと顔に刻まれた渋みのある大人の男への憧れが強い分、憧れそのものの風貌をした男からの「ボーヤ」にカチンときた。

「オッサン」

陸は思わず言い返していた。二人は炎越しにじっとにらみ合う。そして、同時にくっと笑った。

今この瞬間は、ボーヤとオッサンでいいのだと、笑いながら力が抜けた。共犯者という言葉が浮かぶ。焚き火に照らされた、成瀬の、オッサンのふてぶてしい笑みは、なんだか妙に心強かった。

陽子が部長室に入ると、もう小宮と吉岡が顔をそろえていた。

二人とも少し疲れた顔をしている。無理もない、ここしばらく、陸と成瀬の無茶な願いをかなえるべく、調整や穴埋めに奔走していたのだ。薬や器材など、病院を離れる成瀬のために、準備しなければいけないものはかなりの数になった。

陽子も走り回った一人だ。

成瀬の最後の願いをかなえたいという陸の情熱は本物で、そんな陸の姿を見るのが初めてだったこともあり、陽子は自分から巻き込まれに行った。

無理を通すための無理を重ね、何とか陸と成瀬を送り出したものの、ふうと気が抜けた途端、これでよかったのかというもやもやした気持ちが浮かんできた。

陸が退職願まで出したことを小宮から後で聞き、少し怖くなった。

成瀬との旅が仕事として認められないのは確かだ。でも、休みを取れば済む話ではないのか。

あのことがあってから、陽子はずっと陸のことを気にかけていた。陸が嫌がると分かっていたから、その気持ちはなるべく押し隠してきた。でも、もっと突っ込んで話せばよかったと後悔がわいた。

そんな時、ちょっと話がしたいと、小宮に声をかけられたのだ。

表情を見るに、小宮もまたもやもやしたものを抱えているようだった。

「まあ、その、なんだ……」

小宮は頭をつるりと撫でながら、言葉を探しあぐねている。陽子は「成瀬さんは、一時退院。佐倉先生は、辞職」と簡潔に状況をまとめた。

「いや、まだ、俺が持ってる」

小宮のことだ、陸が直接内科部長に提出するところを、自分が代わりに渡した方が角が立たないなどと言いくるめて、退職願を預かったのだろう。

小宮の手に、陸の退職願がある。まだ処理されていないということに、陽子はほっとした。まだつながっているのだと思えた。

「理事長に言って、休暇扱いにしとく。病気静養の方がいいか。あいつ、メンタルクリニック通ってんだろ？」

「あのことがあった直後は。もう今は、行ってないと思います。親権のためにも、安定させたいって一時は真面目に通ってましたけど、お子さんも結局とられちゃったみたいで。カウンセリングとか、なんで、人としゃべって金払わなきゃいけないんだ、って言ってました。薬、捨ててましたし」

そう語る様子が、ありありと思い浮かんだのだろう、小宮はげんなりとした顔で、ため息をついた。

「……薬、捨てんなよ。で、今、ふたりで旅してるわけ？」

「はい、これが送られて来ました」

吉岡が自分のスマートフォンを差し出し、動画を再生させた。

部長室に、調子はずれの声が響く。

陽子は小宮の横から、スマートフォンの画面をのぞきこんだ。

どうやら、陸と成瀬はキャンプ場のようなところにいるらしい。

そこで、火を囲みながら、二人は大声で歌い、ライブの最前列にいるかのように頭を振り回していた。

しばらく聞いて「TRAIN-TRAIN」だと分かった。音程など存在しない、情熱だけのような歌声。でも、六十代と四十代の大人とは思えないほどにはしゃいでいて、何より楽しそうだった。

小宮は陸に、定期的に報告を入れるようにと口を酸っぱくして言っておいたのだが、どうやらこれが報告のつもりらしい。小宮に直接送るのではなく、吉岡に送るあたりが、小賢しい。

陽子はあきれながらも、病院では一度も見たことのない二人の表情にうれしくもなった。

それだけ、二人は楽しそうだった。今日この日に、命を燃やし尽くしても後悔はないというように。

二人の姿を見て、少し安心した様子の陽子の横で、吉岡はぎゅっと唇をかむ。スマートフォンを持つ手は、ごくかすかに震えていた。

廊下を急ぎ足に進む陽子を、吉岡は決死の思いで呼び止めた。

部長室でのやりとりの後、もう何度も声をかけようとしては、躊躇い、チャンスを逃している。時が経つほど、自分が見たことが何かの間違いだったような気がしてくる。あの人がまさか、という思いが強い。自信のなさから、陽子を呼ぶ声は小さくなった。

しかし、陽子はその小さな声に気付き、足を止めた。

吉岡はさっとあたりを窺い、人気がないことを確認したうえで、声を潜める。

「あの時、見たんです」

ナースステーションのデスクの上に置きっぱなしになっていたカギ。あれは厳重に管理されているはずの薬品棚のカギだった。あの時、たまたま看護リーダーが置きっぱなしにしていたのだ。ちらりと見て、吉岡は不用心だなと思った。注意するかと思った次の瞬間、陸が何食わぬ顔でそのカギをすっと取ったのだった。

カギを見ていなければ気づかなかっただろう、さりげない仕草だった。

「俺、急ぎで必要な薬あるのかなって……」

吉岡はそう自分を納得させた。看護リーダーが大騒ぎしながら、カギを取りにナースステーションに戻ってきたときには、もうカギは元の場所に戻っていた。陸がカギを手にしていたのは、ほんのわずかな時間だったのだ。

しかし、その後、どうしても気になって、薬品棚を確認すると、数が合わないことに気付いた。何度確認しても、二本のアンプルが薬品棚から消えていた。

「あれカリウムだったかなって思うんですよね」

「吉岡くん、言わないで、それ」

陽子は強張った顔で釘を刺した。

その顔を見た瞬間、吉岡は確信する。

この人はなんとかするつもりだと。

隠ぺいに手を貸したと、責任を追及されることを覚悟でなんとかするつもりなのだと。

陸に対する、陽子の絶対的な信頼をひしひしと感じた。

本来ならば、陽子ではなく、しっかりと上に報告を上げるべきなのだろう。

しかし、吉岡はついていきたいと思った先輩を告発したいわけではない。まず事情を知りたかった。

「……はい」

吉岡はしっかりと頷く。さっきまでの闇雲な怖さは少し薄れていた。陸をよく知る陽子がなんとかしようと思うのならば、自分もそれに協力したい。いつしか、そんなことさえ思っていた。

5

朝起きてすぐ、陸は今後の目的地について成瀬に尋ねた。バンガローは一応もう一日予約してあるが、せっかくの旅なのだ、このままずっとここにいるのももったいない。成瀬は答えなかった。まだ、彼のノートは白紙のままのようだ。

仕方なしに、陸は成瀬を乗せ、ある場所に向かってバイクを走らせた。

森を抜け、町を抜け、高台へと登っていく。しばらく道の両脇は鬱蒼としていたが、登りきったところで、不意に視界が開けた。

見下ろす先には、一面の海が広がっていた。きらきらと光をまといながら、ゆらゆらと揺れている。ぽつんぽつんと心細そうに建っている民家の雰囲気も相まって、どこか郷愁を誘うような光景だった。

よろよろとバイクを降りた成瀬が、目の前の光景に言葉を失うのを見て、陸はにやりと笑う。この顔が見たかったのだ。

成瀬が黙って海を見ている横で、てきぱきと点滴の用意を整える。点滴台を組み立て、点滴をセットし、しっかりと消毒した上で、針を刺す。

通りかかった人々が、点滴台を見ては、一様にぎょっとした顔をする。しかし、青空の下での点滴を、成瀬はまるで長年そうしてきたかのように受け入れた。

点滴が落ちきるまでには時間がかかる。

しかし、次の予定もない旅だ。二人は点滴がぽたりぽたりと落ちる横で、のんびりと海を眺めた。

「『最高の人生の見つけ方』……ボーヤ先生、言うから、配信で見たよ。ああいうの好きなの？」

「なんかああいうことあってもいいなって」

「え、金あんの？　自家用ジェットとか乗ってたろ。あといい女とか」

「金はないっす」

「じゃ、ダメじゃん」

「オッサン、あるんじゃないですか？　作家じゃないですか？」

「……もしかして、身寄りのない俺の遺産狙い？」

成瀬は怯えたように自分の体を抱いて、大げさに身震いしてみせる。ひどい演技だ。

陸は鼻を鳴らした。

「言ってみただけですよ。そんな儲かってないでしょ。金あったら個室入るでしょ」

ずけずけと言うと、成瀬はどこか嬉しそうに「失礼だな」と言った。

「ウインナーはうまかったな」

成瀬が前を向いたままぽつりと言った。陸はウインナーを口にした成瀬の表情を思い出す。つい昨日のことなのに、もうどこか遠い思い出のようだった。

「僕が今まで食った中で一番、うまい食いもんなんです。大学の頃、キャンプで空気のいい自然の中で、炭火で焼いたウインナー」

「青春だな。……なあ、もう少し、ここにいていいか？」

「はい。気に入りましたか？　ここが」

「ああ。気に入った。でも、少しこわい」

「え……？」

陸は思わず成瀬の顔を見る。こわいという言葉と、穏やかな声と、平和な目の前の光景がうまく結びつかない。

「もう、七年以上だ。最初大腸だろ、それから、肝臓に。そいでオペ、抗がん剤……入退院繰り返してる」

「はい」

「退院するだろ。もちろん、嬉しい。でも、ナースコールがないことが、心細いんだ」

「そう……なんですね」

そう返すのがやっとだった。病院ではできない体験にこだわり、喜ぶだろうと得意がって連れまわした自分が恥ずかしかった。

「ここが病院じゃないことが、こわいんだ……」

「成瀬さん」

「いや、戻りたいわけじゃない」

陸の表情に気付いていて、成瀬は慌てて否定した。病院を出てよかったと思う気持ちも嘘ではないらしい。

「はい……」

「俺は、弱虫になった……」

弱虫なんかじゃないとか、弱虫だっていいじゃないかとか、それらしい励ましの言葉はいくらでも浮かんだ。しかし、陸はただ黙って成瀬の横に立っていた。

海はもう眩しいぐらいに光っている。

点滴が落ちるにはまだまだ時間がかかりそうだった。

お冷やの氷がカランと高く澄んだ音を立てた。

小宮も、向かいに座る陽子も、テーブルの上の飲み物には一切口を付けていない。二人の間には重苦しい空気が立ち込めていた。

陽子から、病院から少し離れたカフェで話したいことがあると言われた時から嫌な予感はしていた。彼女は大げさなことをするタイプではない。彼女が病院のカフェテリアでは話せないと判断したのであれば、相当のことだろうとは思っていた。

しかし、コーヒーを運んできた店員が、奥に引っ込むのをしっかりと確認した上で切り出された陽子の話は、小宮の想像を超えていた。

「……カリウム、二十mL、二本」

「はい……」

「佐倉が」

薬品棚からカリウムのアンプルが二本なくなっていて、状況的に陸が持ち去った可能性が高いという。

吉岡が目撃したという光景についても説明されたが、タイミング的に見ても、陸がやったことに間違いないだろうと小宮も思う。

陸が退職願を提出した理由が、たちまち重く迫ってくる。

ここ数年、ちょっと目を離したら、消えてしまいそうな危うさが陸にはあった。だからこそ、うざったいと思われても、ちょっかいをかけてきたのだ。そもそも、外科にいながら、今にも医師であることを投げだしてしまいそうに見えた陸に、内科への転向を勧めたのも小宮だった。

そんな小宮に恩のようなものを感じてはいたのだろうか。

あの日、退職願を手にした陸は、珍しく神妙な面持ちだった。

「何考えてんの？」

小宮の問いに、陸は真面目な顔で答えた。

「人間ってなんだろう。病気ってなんだろう。死ぬって……生きるって、なんだろうって考えてます」

外科でメスを握り、多くの人の命を救ってきた陸が、内科での終末期医療に戸惑っているのはわかっていた。病気を治すこともできず、患者の苦痛を和らげることしかできない。しかも、すべての苦痛を取り去ることは不可能だ。できることといえば、苦しむ様子を見守ることだけ。それも大事な医師の仕事だと頭ではわかっているようだが、どうしても無力感を覚えてしまうのだろう。

仕事だと割り切ればいいのに、陸にはそれができない。

器用そうに見えて、本当に楽に生きるのがへたくそなやつなのだ。

小宮は小さくため息をついて、陸を見た。

「で、逃げんの？」

わざと挑発しても、陸は乗ってこなかった。陸は目をそらし、静かに言った。

「こんな僕を、ここに、この病院に呼んでくれた小宮先生には感謝してます」

ずっとギリギリではあった。でも、ギリギリで踏みとどまっていたじゃないか。どうして、今なのか。そのヒントを探るように、小宮は唐突に「帰って来た？　奥さん」と尋ねた。

「いえ、養育費の請求の電話があっただけです」

プライベートでの変化があったかと思ったがそういうわけでもないらしい。

「……投げやりになってんの？」

「いえ。この白い建物の中の消毒液の匂いに嫌気がさしただけです」

そう言う陸はすっきりした顔をしていた。決めてしまったのだなとその顔を見て思った。

「限界です」

そう言って、小さく笑う陸から、小宮は退職願を受け取ったのだった。

とりあえず、自分が預かっておいて、陸に時間を与えようというのは最初からこっそり決めていた。

今、無理に引き留めるのは、陸をかえって頑なにさせるように思えたのだ。

しかし、あの時の判断は間違っていたのだろうか。

いや、後悔している場合じゃない、と小宮は頭を切り替える。

今は、一刻一秒を争うときだ。

陸の医師としての未来が、人としての人生がかかっている。

まずは、なんとしてでも、陸と連絡を取ること。そして、アンプルの紛失をなんとか誤魔化すことだ。

そう陽子にも伝えると、彼女は事後報告になって申し訳ありませんと前置きして、アンプルについては、「なんとか誤魔化しました」とあっさり言う。

薬品棚を管理している看護師長は、真面目で几帳面な性格だ。

一体どうやったのかと尋ねると、陽子は彼女が薬剤棚をチェックしようとしているのに気づき、慌てて、吉岡と一芝居打ったのだと答えた。

吉岡がうっかり割ってしまったことにしたのだ。

吉岡が心底すまなそうに謝ったうえで、陽子は「破損届と共に薬剤部には連絡してあります」とさらりと付け加えた。

陽子に対する信頼のおかげだろう。看護師長はそれ以上、追及することなく、紛失したアンプルを破損として処理した。吉岡の顔色があまりにも悪かったため、深く反省していると思われたのだろう、「気を付けてよ、若いの」とぽんと肩を叩いて、励ましてくれさえしたのだという。

小宮はほっとすると同時に、冷や汗をかいた。こんな力業で誤魔化せたのが奇跡だ。

とりあえず、陸の首の皮はつながった。陸自身はもうとっくに自分で首を切り落としていったつもりだろうが、そんな逃げ方を許すわけにはいかない。意地でも、首をつないでやる。

陽子が口を開きかけたのを、小宮は手で制した。

「わかってる」

陽子は不安そうに目を落とした。自分の立場ではなく、陸を、成瀬を案じているのかひどくもどかしそうにしている。

「わかってるから、言うな。騒がないでくれ」

小さく言うと、陽子はぎゅっと唇を噛んで、しっかりと頷いた。

「……大丈夫です。心得てます」

小宮は深々とため息をつく。テーブルの上のコーヒーは、すっかり冷めきっていた。

陸はカバンの中から慎重にアンプルを取り出し、テーブルの上に置いた。

アンプルはバンガローの照明を受けて、鈍く輝く。

成瀬は食い入るようにそのアンプルを見つめた。

「これが……」

「塩化カリウムです。昼間、入れてた点滴の中にも半分の量、薄まったカリウムは入ってます。まあ、塩とか食べ物にも入ってるものなんで。でも、このアンプル一本を注射器で一気に入れれば致死量です。五分で逝けます」

「なんか、恐ろしいっていうか、あっけないな」

「はい。人間も動物なんで」

陸は淡々と答えながら手を動かす。血圧を測り、酸素濃度を測り、体温を測り、記録する。成瀬の異変にいち早く気づくために必要な一日三回のルーティーン。死をもたらす薬の説明をしながら、命をつなぐ努力をする。支離滅裂なようだが、そう矛盾は感じなかった。成瀬が今生きるためにどちらも必要なものだ。

成瀬は瓶からひと時も目を離さない。魅入られたように見つめていた。

「……こわいような……憧れるような気持ちだ」

「そうですか」

「これ、一本、いくらだ？」

「薬価ですか？　百五十円くらいかな」

「やす……。そんなもんで人ひとり死ねるのか」

「必要になったらいつでも」

「ああ、安心材料だ。選べる。死ぬか生きるか選べる」

安心だと言いながら、成瀬の目は少し不安そうだった。いざ手段を手にすると、やはり死を恐れる気持ちがわくのだろうか。それとも、陸の真意を訝(いぶか)しんでいるのだろうか。

確かに、成瀬からしたら、陸の行動はいささか不可解だろう。成瀬の望みをかなえたら、陸は犯罪者になるのだ。

「生きる権利があるなら、死ぬ権利もあるだろ？　いや生きるのは義務か？」

成瀬の声には、やり場のない怒りが込められていた。

「病棟の奥の方の部屋。自分で物が食えず、全身管だらけ。胃ろうで流し込んで、起き上がることもできず、オシメあてて……そこまでして生きたいか？　あれは、本人の意思なのか？」

「いえ。そうともいえません。医者は命を助けたい生き物です。でも、僕は、虐待ですらあると思っています」

突然、成瀬がふっと笑った。

「なんですか？」

「いや、医者と僕、で主語が違うんだな、と思って」

「……医者失格なんで」

「スイスとか、行くんだろ。金持ちは」

「え？」

「安楽死」

「あ……。今は、他の国でもだんだん認められてきました。本当に生きづらい人には、余命が見えなくても受け入れるところも出てきました」

「そうか」

小さな電子音が鳴った。自然な手つきで、成瀬が腋に挟んでいた体温計を、陸に手渡す。阿吽の呼吸で受け取ると、陸は読み取った数字を記録した。微熱ではあるが、いつもと比べて、高すぎるというほどではない。

「不思議だな」

「え？」

「スイスとか、ああいうのは判定されるわけだろ？　専門の医者に」

「はい、いくつかの規定があって……その……安楽死が妥当かどうか判断されます」

「不思議だな。安楽死していいぞ、って言われたらホッとするだろうが、ちょっと、それはそれで、ちょっとショックな気がするな」

「え？」

成瀬のとぼけた言い様に、陸は小さく笑ってしまった。複雑な乙女心みたいだ。でも、わかる気がした。

「そんなに、悪いのか。俺、客観的にってさあ」

「ああ、なんか、わかります」

「そうか、わかるか？」

「自分は死にたいと思ってたけど、そこまでじゃないぞ、まだ頑張んなきゃだぞ、って人に言ってもらいたい、みたいなところもあるんじゃないでしょうか？」

陸は血圧計をカバンにしまうと、慎重にアンプルを取り上げ、箱にしまった。いつでも手に取れるところに、長いこと置いておきたくなかった。成瀬はその様子をじっと見ていた。

「ま……どっちにしろ死ぬんだなあ」

「え」

「や、その一本百五十円で死のうが、自然に任せようが」

「そういう意味では、みんな死にますけどね」

「そうだな」

「そうか、あれだな」と成瀬は何かに納得したように笑った。

「人の淋しさってのは、死ということと直結してんじゃないかって気がすんな」

「直結ですか……。なんか、作家さんですね。やっぱり。そんなこと言えないです。すぐには。わかる気はするけど」

陸は成瀬の手を取った。

手首に指をあて、腕時計に目を落とす。脈拍の数を数えるのを、成瀬は何も言わずとも黙ってじっと待っている。

脈拍にも特別な異常はない。ほっとしながら、手を離すと、成瀬がおずおずと「さわっていいか？」と尋ねた。

意味がよくわからず、戸惑っていると、成瀬の大きな手が、陸の腕をつかんだ。

「さわれるってのは、お前。生きてる証拠だよな。……死ぬってのは、こうしてさわれなくなることなんだよなあ……」

陸の形を確かめるように腕を握る。

「成瀬さん」

自分が何を言おうとしているのかもわからず、名前を呼んだ。

「オッサンでいいよ」

そう言って、浮かべたいつものふてぶてしい笑みが、不意に大きくゆがんだ。

「……これからなんてないんだよ。これまでしかない」

絞り出すような声に、陸は白紙のノートを思い浮かべた。余命宣告を受けた時に、彼の中で一度人生は終わってしまったのかもしれない。命はあっても、未来はなかった。

陸は思わず、目の前の成瀬の体に抱き着いた。

「お前、何してんだよ。気持ちわりい」

そう言いながら、成瀬はそのままにしている。陸はしがみつくように、無言でぎゅうぎゅうと腕を回す。

「人の体はあったかいな……生きてる証拠だ」

成瀬がぽつりと言った。

「……生きてますよ。僕も、オッサンも……」

おずおずと成瀬の手が陸の背に当てられる。その温度を生々しく感じた。


耳にあてたスマートフォンから、呼び出し音が響く。しばらく、鳴り続けた後、流れてきたのは、もううんざりするほど何度も聞いたアナウンスだった。

(ただいま、電波の届かない場所にあるか……)

小宮は皆まで聞かず、電話を切った。

「なにやってんだ、あいつは」

舌打ちをして、何度も送ったメッセージアプリも確認する。変わらず未読のままだ。

陽子と話してから、自宅のマンションに帰るまで、陸に電話をかけ続けていた。

出る気がないのであろうことは薄々気づいていたが、かけずにいられなかった。

自宅に帰ってからも、数分おきに電話をかけているが、応答するのは機械的なアナウンスばかりだ。

小宮は落ち着かず、うろうろと歩き回る。

ふと立ち止まって、窓の外を見た。

窓から見える景色に一目ぼれして、無理して購入した高級マンション。しかし、その素晴らしい夜景も、今の小宮の目には入っていなかった。

小宮は思い出していた。

あの日、立ち会っていた手術室で自分が目撃した光景を。

不意に大きく響いたカシャンというメスの落下音を。

そして、開腹手術の最中だというのに、呆然と立ち尽くしていた陸の表情を。

世界初の症例をいくつも手掛け、天才の名をほしいままにしていた陸は、いつだって大胆で冷静な手技で手術を成功させてきた。その野心と自信に満ちた表情に、患者たちは全幅の信頼を寄せ、挙(こぞ)って陸の手術を受けたがったのだ。

しかし、あの時、陸の顔には、一欠片(ひとかけら)の野心も自信も残ってはいなかった。

ただ虚ろな顔で宙を見ている。

その目は何もうつしていないようだった。

「なにやってんだ……？　佐倉」

あの時も、小宮は思わずつぶやいたのだった。

（なにやってんだ、本当に……）

小宮は寝静まった夜の街を見下ろしながら、深々とため息をついた。

夢を見た。

いつもの夢だ。

まるで忘れることを許さないというように、繰り返し夢に見る。

目を開けると、いつもとは違う、高い天井が目に入った。

気づけば、右手は細かくぶるぶると震えていた。ぎゅうっと左手で押さえつける。

そうか自分は今バンガローにいるのだと遅れて思い出す。

はっとして、隣のベッドを見やる。

隣では、成瀬が眠っていた。苦しそうな様子もなく、すうすうと穏やかな寝息が聞こえてくる。

その呼吸を聞きながら、陸は息を整える。

額にびっしりと浮かんだ冷たい汗を乱暴に拭った。

6

陸は成瀬と話し合い、バイクを預け、キャンピングカーを借りることにした。

成り行き任せの旅なのだから、いろいろなことに対応できるよう、車の方がいいと判断したのだ。成瀬はしんどいと一言も言わなかったが、体力のことも考えると、車の方が安心だ。急に痛みが襲ってくる可能性も考え、横になることもできるよう、キャンピングカーを選んだ。

その代わり、ちょっと冒険して、一晩だけテントに泊まることにした。キャンプ用品を一式買い込み、二人で苦労しながらテントを張る。

テントに泊まるなんて、子供の頃以来だと、成瀬は陸がひやひやするほど、張り切って準備をした。

テントでのキャンプは、バンガローとはまた違う楽しさがあった。ランプに照らされたテントで横になっていると、ものすごい冒険をしているような気になった。

テントで眠れるか少し心配だったが、疲れていたのだろう、成瀬はすとんと眠りに落ちた。陸も気づけば眠っていた。しばらくなかった、深い眠りだった。

朝、先に目を覚ましたのは、成瀬だった。

「おい！　おいおい！　起きろ」

陸は乱暴に揺すられて、目を覚ます。時計を見れば、まだ起きるには早い時間だ。しかし、成瀬はもう起きて、テントの隙間から、外を覗いていたようだった。やけに生き生きとした顔で、寝ぼけている陸を、テントから引っ張り出す。

「おおっ」

「うおおおっ！」

真っ白い息を吐きながら、テントの外に飛び出した途端、揃って声が出た。

「すっげー」

「綺麗だな」

「はい。こんな美しい空、初めて見ました！」

オレンジとブルーのグラデーションが空を染めている。

見事な朝焼けだった。

胸が痛くなるほど美しく、荘厳で、ついうっかり神様の存在を信じてしまいそうなほどだった。

朝焼けは刻々とその姿を変えていく。焚き火みたいだと少し思った。

陸は朝焼けのもとで、湯を沸かし、コーヒーを淹れた。なみなみと注いだマグカップを手渡すと、成瀬は暖を取るように両手で包み込み、ゆっくりとすすった。

「ボーヤ先生の淹れてくれたこのコーヒーの湯気さえ一期一会だな」

「え……うまくはいったかどうか」

「うま……」

成瀬は満足げにうなった。

「でも、なんでお前なんだろうな?」

「なんすか? それ」

「綺麗な、ねーちゃんとかじゃ、ないんだな。俺の人生の最後は」

「贅沢言わないでくださいよ。帰りますよ。そういうこと言ってると」

「意地悪言うなよ。冗談だろ」

二人はゆっくりとコーヒーをする。リミットがあるなんて思えない、のんびりとした時間だった。

「この世は、美しいな」

そうだな、と陸も思う。消えゆく朝焼けも、顔を出しつつある朝日も、美しい。きっと今なら、曇天の空も、土砂降りの雨も、その美しさに気付ける気がした。

「ん? オッサンのセンチメンタルはきもいか?」

「いえ。この世は、美しいです」

陸は慌てて言った。ひとりの時間が長いと、言葉は口にしないと伝わらないということを、忘れがちになる。

「この空も、あの花も、この匂いも、この世のものだろ?」

「はい……」

「死んだらもうない」

「確かに」

「この世を慈しんでから逝くかな」

「……え」

「俺、最後になんか書くかな」

「小説ですか？」

成瀬が、真っ白なノートに「やりたいこと」を書き込んだ瞬間に立ち会えたようで、陸は胸が熱くなるのを感じた。

「手記でもなんでも。自分のな、しるしを残しときたくなるんだよな。自分の生きてきたしるしを」

「はい」

「そりゃ、俺はベートーベンでもピカソでもないからよ。そんなものは、後世には残らないさ。でも、俺も作家だ。葬式代くらいにはなるさ。今、俺、文無しだ」

「なんか、元気ですね。成瀬さん」

「オッサンでいいよ、ボーヤ」

「オッサン」

呼び直すと、成瀬は照れ臭そうに笑った。

「……魔法の薬でいつでも死ねると思うと、ちょっと頑張ってみようと思う」

陸は笑顔で頷く。本当に魔法の薬だ、と思った。生きようと思える魔法。

「旅に、出ていいか？」

「行きたいとこ、決まりましたか⁉」

「ああ、人生最後の旅だ。つきあってくれるか？」

「……はい、どこまでも」

陸の人生にもう行先はない。成瀬の旅が、陸の旅だ。ここで放り出されたら、途方に暮れるのは、きっと成瀬ではなくて、陸の方だ。

人生最後の旅。

楽しもうと、陸は思った。美しい世界をこの人と一緒にたくさん見よう、と。

行きたいところが決まったと言いながら、成瀬はなかなか行先を明かそうとはしなかった。ただ、漠然と北に行ってくれという。

陸は成瀬の目的地に近づいているのかと、不安になりながらも、北に向かって車を走らせた。

陸の旅でもあるのだ。目的地を教えてくれてもいいじゃないかと思わなくもなかったが、窓を全開にして、上機嫌で風を浴びている成瀬を見ていると、まあいいかと思えた。

旅はおおむね順調だったが、しばしば中断を余儀なくされた。

成瀬を苦しめる強い痛みは、時や場所を選ばなかった。

彼が痛みを訴える度に、車を路肩にとめ、陸は点滴の準備をした。

「おい、殺す気じゃないだろうな」

陸がカバンから取り出したアンプルを見て、成瀬が言う。冗談が言える程度にはまだ少し余裕があるらしい。

「魔法の薬2の方です」

「え?」

「魔法の薬1、が死に至る薬。魔法の薬2、がこの世で楽になる薬。鎮痛剤ですよ」

「恵みの雨だ」

成瀬は深々と息を吸い、目を閉じた。

陸は成瀬の背中をさする。

魔法が効きはじめ、成瀬の呼吸がやっと落ち着きだすと、ほっとする。

もう、呼吸や筋肉の緊張などから、大体、今の成瀬がどんな様子かわかるようになってきた。

次の痛みの時も、薬が使えますように。

穏やかな成瀬の呼吸音を聞きながらただそれだけを願う。

「自分の人生っつかな」

目を閉じたまま、成瀬が呟いた。

「それをもう一度、巡りたい。ここな、この頭ん中にある思い出に、記憶に、もう一度さわりたい」

ずっとはぐらかされ続けていた次の目的地。口にすることに、成瀬なりの覚悟が必要だったのだろうか。陸は優しく促した。

「オッサンの生まれ故郷、どこですか？」

「もっと、もっと、北の方だ」

もっと北だ、もっと北だと、言われながら車を走らせ、二人はようやくたどり着く。

福島県会津若松市。

そこが成瀬の生まれた場所だった。

7

ゆっくりと徐行すれすれの速度で、住宅街を走る。そもそも車の運転は久しぶりの上、細い路地でのキャンピングカーの操作は神経を使う。成瀬はそんな陸の苦労も知らず、呑気にきょろきょろとしていた。

「確か、この辺。変わっちゃったなあ。ここ、本屋だったのに、薬局になってる」

「自分の家どこだったか、わからないんですか？」

「広かったんだよ、ウチ。明治から続く酒蔵でな。ちょっとした地元の名士よ。土地持ちでな。この辺いったいウチの土地よ。でも区画整理で、更地になっちまった」

それはずいぶんな名家だったのではないか。その家の名残すら影も形もないのだとすれば、随分と切ない話だ。あまり報道されていた記憶はないが、この辺もやはり東日本大震災の被害を受けたのだろうか。たとえ、倒壊など直接的な被害は多くなくとも、街の在り方に何かしらの影響はやはりあったのかもしれないとも思う。

二人は成瀬が通ったという小学校へと向かった。

「あら」

明らかに建てられて間もない、近代的な建物を前に、成瀬は肩を落とす。

門柱の銘板に刻まれた学校名を見るに、確かにこの学校らしいのだが、まるで面影はないという。続いて訪れた中学校もまた、真新しいきれいな建物だった。

「中学もか」

「建て替わってますよね」

「そりゃそうだ。何年前だ……」

実家や学校だけでなく、街並みもすっかり変わってしまっているようだった。

二人はとりあえずその日は成瀬の記憶を辿ることをあきらめ、予約した近くの山にあるログハウスに向かった。


ログハウスは小高い場所にあるだけに、空が近く見えた。

「わあ、星が綺麗だ。プラネタリウムみたいですね」

部屋の案内を終えた管理人からカギを受け取りながら、陸は興奮気味に告げる。管理人は曖昧に頷いた。ああ、そうかと陸は遅れて気づく。本物を偽物に例えるなんて、随分野暮なことを言ってしまった。

「いえ、こういう時は、降るような星だって言うんですよね。つい都会もんは」

誤魔化すように笑うと、見事な愛想笑いが返ってきた。

管理人を見送り、もう一度見事な星空を見上げ、陸はドアを閉める。

「オッサン、暖炉があります。暖炉が」

興奮気味に話しながら、リビングへと戻った陸は、床にうずくまっている成瀬に気付いた。

「オッサン！」

慌てて駆け寄って抱き起こす。その顔は苦痛に歪んでいた。

そういえば、「プラネタリウムみたい」なんて言ったら、少し遠くからでも間髪をいれず突っ込みをいれるような人だった。

いつからこうしてひとりで痛みを耐えていたのか。

陸はなんとか成瀬をベッドまで運び、横たえる。時間を確認し、こっそりとため息をついた。

額に浮いた脂汗を、濡らしたタオルでそっと拭う。成瀬は笑いながら「いってえ」と言った。

「もう少し、もう少しだけ待ってください。さっき、痛み止め使ったのが、五時だから、三時間は空けないと。今度はすぐ効くように点滴で落としますね」

時間が来たらすぐに処置できるように、点滴台を設置する。

「この時間が長いんだ」

「え……?」

「痛みの渦中にいる」

「オッサンの痛みがどれほどかはわからないけど、つきあいますよ、僕」

「なんで?」

「暇だから」

「いいね、俺のこの時間は、あんたの暇つぶしか?」

陸の憎まれ口に、成瀬はうれしそうな顔をする。一瞬でも痛みから気をそらせたことに、陸はうれしくなる。成瀬の顔がまた苦悶に歪めば、陸の顔も歪む。

いつもあっという間に流れる時間が、肝心な時には遅々として進まない。

「あ……月、見えます」

寝室の窓から月が見えた。ぼうっとけぶるように光っている。

「そんな余裕あるかよ」

「ですね……」

不意に涙がこみ上げる。溢れないように、必死に誤魔化したけれど、なぜか即座に成瀬に見つかってしまった。慌てて、また別の話題を振る。

「僕、納豆食えないんですよ」

「なんだよ、それ」

「なんか言ってたほうが気が紛れるかと」

自分でも、なんだよ、それ、と口にした瞬間に思った。もうちょっとさりげなく、盛り上がる話題があるだろう、と。仕事以外でほとんど人と話さない自分のトークスキルのなさに泣けてくる。

成瀬は横向きに寝返りを打つと、痛そうに大きな背中を丸めた。陸の手が自然に伸びて、背中をさする。

成瀬はもう軽口も叩かず、陸のしたいようにさせてくれた。

手のひらに、成瀬の体温を感じながら、不意に息子のことを思い出した。

いつだったか、体調を崩して寝込んでいた時に、まだ幼いソウタがその小さな手を陸の頭にのせ、いたわるようにさすってくれたのだった。きっと、自分の具合が悪いときに、母親か誰かがしてくれたことを真似たのだろう。

飽きたのか、ソウタはすぐにぷいとその場を離れてしまったけれど、ぎこちない小さな手の感触の余韻はずっと消えなかった。

あの時、小さな手に、苦しみを癒すような不思議な力があると、本気で思った。

逆に体調を崩したソウタを撫でてやったことはあっただろうか。まるで思い出せなかった。

背中をさすりながら、オッサンにとって自分はなんなのだろうと思う。

主治医としてそれなりに長いこと顔を合わせてきたが、互いのことをほとんど知らない。友人でもなんでもない。

専属の専門医と勝手に名乗ってはみたものの、別に雇用関係があるわけでもない。お金のやりとりもない。ただ、ともに旅をしているだけの、まったくの他人だ。

だけど、オッサンが目の前で苦しんでいるのは嫌なのだった。

他人だって関係ない。苦しむこの人のために、何かをしたい。

祈るように、陸は成瀬の背をさする。あの時感じた息子の手のように、自分の手が成瀬の苦しみを少しでも癒すことを願いながら……。

成瀬は痛みと対峙するように、じっと黙り込んでいた。もう、痛いとも苦しいとも言わず、ただ口を引き結んで、耐えている。

時折、まだかと問うような目で、陸を見た。

陸は無理に微笑みながら、小さく首を横に振った。

時計はもう数分おきに確認していた。

痛み止めが投与できる時間までが遠い。

陸はじりじりとその時を待った。

心をやすりで削られるような長い長い時間が過ぎた。

「時間、来ました。八時です」

陸は針が八時を指すのと同時に、声をかけた。もちろん、時間とともに投与できるよう、準備も整えている。

「変な暇つぶしだな。ボーヤ先生、顔かわいいしいわゆるイケメンだから、女と、南の島でも行けばいいだろ」

ぐったりした声で、それでも成瀬は軽口を叩く。点滴の針を刺しながら、陸はくすっと笑った。

「オッサン世代は、南の島なんですね。デートは」

「デートなんていいもんかよ。遊ぶだけさ」

成瀬の中で、デートと遊びは違うものらしい。

話しながらも陸はてきぱきと手を動かした。すぐに点滴が始まった。ぽたりぽたりとまたじれったい速度で、落ちていく。薬が成瀬の体をゆっくりとめぐっていく。

「安定剤、アタラックスも入れてあります」

「おお、俺カスタマイズだ。スタバみたいだな。いつもの」

スターバックスのカウンターで、気取った様子の成瀬が自分仕様の点滴をオーダーしているのを思い浮かべ、陸は思わず笑ってしまった。

「効いてきました？」

しばらくして、陸が尋ねると、成瀬は少し驚いた顔をした。

「なんでわかる？」

「肩の力が抜けて来てるから。オッサン」

「カスタマイズ、成功」

成瀬は点滴を見つめて、にやりと笑う。陸も笑った。

「ほんとだ。月が綺麗だな」

そんな余裕あるかよ、なんて言っていたけれど、成瀬はしっかりと陸の言葉を聞いていたらしい。成瀬はだいぶ柔らかくなった表情で、窓の外の月をじっと見ていた。

「俺は、あれだ、まんまるのペカーッとしたようなのより、ああいう、透けて向こうが見えそうなのが好きだ。朧月だ。冬なのに珍しいな」

「朧月ってフツーはいつのものなんですか？」

「春だよ」

即座に答えが返ってきて、さすが作家だと陸は素直に感心する。

酒が飲みてえなあと成瀬は呻くように言った。薬を落としている最中だ。飲めるはずがないと成瀬も当然わかっている。この月を味わいたいという気持ちから出た言葉のようだった。

「明日、元気だったら、高校行ってみましょう。オッサンの通ってた高校」

陸は励ますように言った。成瀬は「ああ。元気だったらな」と月を見たまま、ぼんやりと答えた。

「もうすぐ終わるかと思うと、この世も捨てたもんじゃないな。美しいな。フィルターかかってんのかな」

「書き留めますか？」

「え？」

「今のフレーズ。書く小説に使われるのかと」

成瀬は苦笑した。

「いや、大したフレーズじゃないよ」

「そうですか。僕みたいなシロウトからすると、素敵な言葉に聞こえます」

思ったことを素直に口にしたのだが、自分でもつまらない既製品の言葉のように響いたのを感じた。成瀬は眉間に深いしわを刻んで、ぐいっと陸の顔を覗き込んだ。

「先生、もてないだろ？」

「なんですか？　それ」

「女は言葉に弱い」

「はあ。まあ、どのツラさげて言うか、って部分はあると思いますけどね」

「その顔があって余計にもったいない」

「余計なお世話です」

陸はぷいと顔をそらした。言葉が足りないとか、黙ってちゃわからないとか、離婚が成立するまでの間に、元妻からあびせられた言葉たちが、記憶から溢れそうになって、慌てて蓋をする。

「俺は、言葉に縋(すが)りすぎたかもな。作家になってから」

どこか苦い後悔が混じる成瀬の呟きは、陸にはよくわからなかった。どんな状況でも、成瀬なら、言葉一つで切り抜けられそうに思えるのだが、違うのだろうか。

いや、違うのだろう。違うから、きっと成瀬は、今、ここに陸といる。ここ数日で、段々と陸にもわかってきた。オッサンは存外、不器用な人だ。

「あ、でもさ」

成瀬は不意に少年のような得意げな顔で、胸を張った。

「俺がラブレター書くだろ？　ラブレターつうか、手紙。そうすると、必ず、落ちんだよ。そりゃ、綺麗な文章だからな」

「ああ……もし僕がオッサンともうちょっと早く知り合ってたら、ラブレターの代筆してほしかったです。つか、もう手紙の時代じゃないですね。メールかＬＩＮＥか」

成瀬はチッチッチと人差し指を振った。

「一緒」

「は？」

「言葉使うだろ。同じだよ」

実際、戦場をＬＩＮＥに変え、実戦を積んできたらしい男の言葉の重みに、陸は苦笑しつつも、感心してしまう。

「……まだ、現役だったんですね。女の人にそういうの送ってたんですね」

「ま、この病気になってからは……ないね」

沈黙が落ちた。心電図モニターの機械音も看護師たちの慌ただしい足音もない、ログハウスの中は妙に静かだった。点滴の落ちる音も聞こえるのではないかと思うほどだ。こんな時に、うまく言葉が出てこない自分が嫌になる。もてないわけだ。

「でも……」

見切り発車で口を開く。成瀬の強いまなざしを受けながら、無理に言葉をつづけた。

「人ってみんな死ぬじゃないですか。でも、作家なんだから、そのあとも、作品が残りますね」

「いやあ。作品が残ろうが残るまいが、死は徹底的」

成瀬はかすれた声で歌うように言った。

「生まれるは、圧倒的。そこから始まる。そして、死で終わる」

陸は黙っていた。言葉に詰まったというよりも、成瀬の言葉の余韻を味わいたかったのだ。

生まれるは圧倒的。死は徹底的。

そっと心の中で反芻(はんすう)させていると、なあと成瀬が声を上げた。少し気恥ずかしそうな顔をしている。

さっきのフレーズは書き留めるように、と言われて、陸は思わず笑った。

さすがにさっきの言葉は、惜しむ気持ちが湧いたらしい。

陸は毎日のバイタルチェックを記録したノートの余白に、成瀬の言葉をしっかりと書き留めた。

8

次の日、陸たちは成瀬の通っていた高校に向かった。

小学校、中学校と同じく、完全に様変わりしているのを半ば覚悟して行ったのだが、高校は奇跡的にそのままの形で残っていた。

近づいてみると、その理由はすぐに分かった。廃校になっていたのだ。新しく用途を見出されることもなく、ただ当時の姿のまま、がらんと放置されていた。

陸が当時を知らないながらに、時の流れを感じていると、横にいた成瀬が突然、よいしょというように、封鎖された門に手をかけた。

当たり前のような顔で門を越え、敷地の中に入っていく。陸も慌てて後に続いた。

成瀬は記憶を辿るように、ゆっくりと無人の校内を歩き回った。

時が止まったその校舎は、思い出が上書きされることなく、そこかしこに転がっているようだった。

一通り学校内を回ったところで、成瀬が校庭に転がっていたサッカーボールを見つけた。ひどく汚れ、空気も抜けていたが、蹴ればそれなりに転がった。

成瀬は勝負をしようと言い出した。

勝負はお互い五本ずつのＰＫ対決。何かを賭けないと勝負にならないと成瀬が言い張り、負けた方がジュースをおごることになった。

陸は成瀬の体調を心配したが、顔色もよく、息も乱れてはいない。

とりあえず、適当にこなして、お茶を濁すかと、ゲームを始めたが、気づけば、服が汚れるのも構わず、勝負に夢中になっていた。

これで勝負が決まるという最後の対決で、少年のような顔をした成瀬が、フェイントを見事に決めて、ゴールネットを揺らした際には、思わず崩れ落ちて、頭を抱えてしまったほどだ。

敗者となった陸は、ジュースをおごるべく、校門を乗り越え、すぐ前にある小さな商店に向かった。廃校になる前は、高校生たちでにぎわっていたのだろうと思われる商店は、すっかり寂れている。陸は古びた自動販売機に小銭を入れ、三角パックのコーヒー牛乳とイチゴ牛乳を買った。

二つのうち、成瀬はイチゴ牛乳を選んだ。黙っていればダンディな見た目とイチゴ牛乳がひどくミスマッチで、陸は思わず少し笑う。成瀬は少しも頓着する様子はなく、うまそうに一口飲むと、サッカーコートの上にごろりと寝ころんだ。陸もその横で寝ころがる。手入れがされておらず、ほとんど雑草と化している芝生の上は少しちくちくとしている。

それでも、草のにおいを感じながら、空を見上げていると、体の奥の凝り固まったものが、ゆっくりとほどけていくような感覚があった。

「天井が空っていいなあ?」

成瀬がうれしそうに言った。声が白い息となって立ち上る。

陸はしゃれた言い回しに少し笑った。

「空の天井ですか?」

「病院の天井は見飽きた。ストレッチャーで運ばれてく間は、病院の廊下の天井が続いてく」

透き通っていて、いつもよりも高く見える空を、雲がゆっくりと通り過ぎていく。

病院の天井が、空だったら、少しは気がまぎれるだろうかと、何の足しにもならないことを考えたりする。

「てか、お前、家いいの?」

「え……」

「俺につきあってこんな旅して」

成瀬の視線は空に向いたままだ。何気ない風を装ってはいるが、その言葉には少し不安そうな響きがあった。陸はさっくりと「一家離散す」と告げる。乱暴な言葉を選んだのはわざとだ。正確には、一家離散ではなく、自分一人が取り残されただけだが、そこを詳しく話すつもりもない。

「え……っ」

「それよりオッサンの青春の話」

陸は強引に成瀬に話題を振った。自分の話をしたくないという気持ちがほとんどだったが、成瀬の高校時代を知りたいという気持ちも嘘ではなかった。

「俺、サッカーの選手だったんだ」

少し間を空けて成瀬が言った。陸は思わず、体をひねって成瀬を見る。長い入院生活の中で、随分筋肉が落ちたとはいえ、成瀬はがっしりとした立派な体つきをしている。

「インターハイでいいとこまで行ってな。木村和司(きむらかずし)とかライバル？」

インターハイということは、かつて高校生だった成瀬は、このコートでボールを追って、駆け回っていたということか。その光景を想像し、陸は興奮気味に「マジですか？」と声を上げた。

「僕、サッカーちょっと詳しいんすよ。すごいじゃないですか？」

「俺、センターフォワードで、木村はミッドフィルダーだったかな」

「え、じゃあ、水沼も都並も？」

完全に体を起こし、前のめりになると、成瀬は「誰それ」とひどく冷めた声を出した。

「ボーヤ先生、馬鹿なの？」

「え？」

「フッー、嘘だろ」

陸は絶句する。成瀬の高校時代を想像し、ここが今廃校になっていることとあわせて、少ししんみりしてしまった気持ちを返してほしい。

そういえば、この人は作家なのだった。嘘をつくのが仕事のようなものだ。やられたな、と思った次の瞬間、頭にひらめくものがあった。

「あ……。あ……あのこの辺一体が、自分のところの土地で名士だったたってのも嘘ですか？」

「嘘だ」

成瀬は悪びれる様子もなく、答える。陸はがっくりと項垂れた。

「はあ……」

成瀬は体を起こすと、残っていたイチゴ牛乳を一気に飲み干した。くしゃっと三角パックを潰して、立ち上がる。

そして、飲みに行くかと言った。

夕暮れの商店街を、陸と成瀬は並んで歩いていた。

成瀬の足取りに迷いはない。

もう店に当てはあるようだ。

シャッターの下りた店もあるが、商店街はしっかりと活気を保っている。いくつかは昔からの店もあるのか、成瀬は懐かしそうに目をやっていた。

「なんで嘘つくんですか？」

もやもやとした気持ちが胸に燻っていた。陸が話を蒸し返すと、成瀬はにやりと笑った。

「いや、お前。これから死ぬとなっちゃあ、何が真実で何が嘘か？　なんて、意外とどうでもいいものでなあ。こんな人生だったらいいなってのも、ちょっと足してみた」

「なるほど……」

追及しようとしたつもりが、返ってきた答えに妙に納得してしまった。

そんなもんかもな、と思ってしまったのだ。

自分だけしか知らないことであれば、それが本当だろうと嘘であろうと、どっちでもいいのかもしれない。誰に迷惑をかけるわけでもない。

「それにお前、こんな俺のつまんない人生なぞる旅に大先生、つきあわせて、少しはいい話でもないとさ。サービスだよ」

良かれと思ってのことらしい。

「オッサン、独特っすね。なんか、興味出て来ました」

陸は笑いながら言った。本当はもうとっくに興味どころではなく、この人をもっと知りたいと思っていたけれど。

「ホントに？　俺になんか興味ある？」

成瀬が陸の顔を覗き込んで、尋ねる。陸は大きく頷いた。

「だから、ホントのオッサンの人生でお願いします」

成瀬は照れたように笑うと、それを隠すためか、目に入るものあれこれについて、また本当とも嘘ともつかぬことをぺらぺらと話し出した。

陸はその言葉をなんとなしに聞きながら、この人を最後まで見届けたいと、不意をxd打たれたように思った。もう、この際、嘘をつかれていたっていい。

それって、医者の仕事じゃないかと気づいて、自分でおかしくなった。医者の仕事から逃げだしてきたけれど、気づけば病院にいた時より前向きに医者の仕事をしている。

痛み止めなんて、どんどん打てばいいなんて思っていたけれど、成瀬のことを思えば思うほど、打てなかった。明日の成瀬のことを思うと、どんなに心が痛くても、無理に強い薬で痛みを抑え込むという決断はできなかった。

医者なのに何もできないという無力感は今も感じている。

でも、見届けるのも医者なのだと、病院にいた時よりも、素直に思えた。

人間は誰だって生まれて生きて死んでいく。

その最初と最後には、たいてい医者がいるのだ。

「お、ここだ」

そう言って、成瀬が足を止めた。なかなか一人でふらりと入るには敷居の高い雰囲気の、渋い店だった。

扉に、達筆な文字で「こづゆあり〼（ます）」と書いてある。

成瀬はこづゆというのが会津地方の伝統料理なのだと説明しながら、慣れた様子で暖簾（のれん）をくぐる。

店には、有線放送なのか、サザンオールスターズの懐かしい曲がかかっていた。

まだ夕方の早い時間だけに、客はほとんど入っていない。

その少ない客の一人が、立ち上がったのを見て、陸はぎくりと足を止めた。

「あ、どうも」

どこか気まずそうな表情で、勢いよく頭を下げたのは、吉岡だった。

ここにいるはずのない男の姿を見て、鷲摑みされたように心臓がぎゅっと縮こまる。

成瀬は「おお」と軽く手を上げて答えると、躊躇いもなく、吉岡の向かいの席に座った。

「どういうことですか」

低い声で成瀬に問う。成瀬は人の悪い笑みを浮かべ、メニューも見ずに、瓶ビールを注文した。

成瀬の音頭で、三人はビールを注いだグラスを掲げ、乾杯をする。

成瀬のグラスには、ほんの数センチほどのビールが注がれている。成瀬は抗がん剤の治療はしていないが、いつ痛み止めを打つことになるかわからない。本当なら、飲まない方がいいのだが、あまりに飲みたいとごねたので、数センチのビールで手を打つことになった。

「うっめえ」

成瀬は喉を鳴らし、ビールを一息に飲んだ。あっという間に空になったグラスを恨めしそうに見ている。もっと大切に飲めばいいのにと思ったが、せっかくビールを飲むなら、喉で飲みたいという気持ちもよくわかる。

陸は唇を湿らせる程度に、ビールに口を付けると、改めて吉岡に向き直った。何度見直しても、そこにいるのは吉岡だった。目の前にいるのは、気弱な後輩だというのに、ずっと逃げてきた鬼に後ろから肩を叩かれたかのような恐怖に似た感情を覚える。

「いや、こいつから電話あってよ。どうせならと思って呼んだ」

成瀬の口調はあくまでも軽い。その落ち着き払った様子に勝手なことを、とむっとしつつも、少しずつ心臓が落ち着いてきた。ただ、患者と一緒に旅をしているだけだ。今はまだ別に悪いことをしているわけではないのだ。あのことを、のぞけば。

「佐倉先生、電話しても出ないし。仕方ないからカルテ見て。ちょっと心配だったんで」

ちょっとの心配で、病院の仕事を放って、会津まで来るだろうか。監視のために小宮が吉岡を送り込んだのではないかと、邪推する。

「でも、まさか、ふたりで会津まで旅してるとは思いませんでしたよ」

「なんでも喋るんですね」

陸がジトッとした目で見ると、成瀬はたった数センチのビールを口にしただけだというのに、とろんとした目を宙にすえながら、上機嫌に言った。

「人生を辿る旅だ」

「人生を辿る旅……」

吉岡がしみじみと繰り返す。

成瀬が注文した料理が次々とテーブルに届いた。吉岡はぎこちない手つきで小皿に取り分けていく。扉に張り紙があったこづゆという伝統料理は、汁物だった。干し貝柱や里芋、きくらげなどが入った、見た目も味もなんとも素朴な料理だった。

成瀬はじっくりと噛みしめるように味わうと、ゆっくりと口を開いた。

「俺は、この土地、会津若松で生まれた」

無意識か、その言葉にはかすかに東北のなまりがあった。簡単に成瀬の嘘に引っかかってきた陸だが、今度こそ本当の話なのだと直感した。思わず、居住まいを正して、グラスを置く。

「酒蔵は俺が小学生まではぶりよかったんだ」

成瀬は日本酒かのように、水をちびりと飲んだ。実家が酒蔵だったというのは嘘ではなかったようだ。

「でも、だんだんと家が傾いてきて。ご時世ってやつだ。ある時、母親が倒れた。脳梗塞だ。俺は、母親の病院通いながら、父親の家業手伝った。ま、ふたりとももういないけどな。だから、さっきの話は、俺の夢だ。サッカー部、辞めるしかなくってな。そいで、ちょっと、小説書き始めた」

「……へえ、文学少年だったんすね」

陸の言葉に、成瀬は「まあな」と少し得意げに言った。吉岡はうつむきながら、日本酒をかなりのハイペースで口にしている。

「純文学とかよく読んだ。金ないからさ。図書室で借りてな」

「えっ、見えない」

気づけば、自然といつもの調子でまぜっかえしていた。「失礼だな、お前」と言う成瀬はやっぱりどこか嬉しそうだった。

「それでも、大学だけは行けって親が……。地元の福島大学いって、仙台の新聞社に就職したんだ」

「オッサン、新聞記者だったんすか？」

「ああ。そこで所帯持った。それでも、小説家の夢が諦められなくてな。書いたんだ。そうしたら、最初の小説で芥川賞取った。あの、村上龍も取ったやつな」

「え、すっげ。僕でも知ってます」

「村上龍を？　賞を？」

「両方」

「で、売れてさ。いい気になって東京に仕事場なんてマンション借りて、まあ、ちょっと……」

成瀬は口ごもると、逃げるようにまた水をちびちびと飲んだ。

「女連れ込んだりしたんですね？」

「お前、そういう風に言うなよ。金はあるし、恋はするし、本は売れるし……まあ、妻には見放されたけどさ。いい人生だったかもな。なんでも手に入れた。今じゃ、なんにも残ってないけどな。すっからかん。どうせ、でも死ぬ時は、何も持って死ねないしな」

そうしみじみとつぶやく成瀬は穏やかな顔をしていた。陸はそういう成瀬の顔が少し苦手だった。そのまま消えてなくなりそうに見える。もっと皮肉っぽく笑いながら、わがままを言ってくれよと思ってしまう。

「経験だけで、いいってことですか？　思い出だけで、いいってことですか？」

「ああ。死ぬと思うと、時系列は関係ないな。十八歳の時も四十五歳の時も同じだ。そいで、お前、全部思い出だ。今日だって明日には、思い出だぞ」

今の旅が必要ないと言われたようで、陸は少しだけ拗ねたような気持ちでいたが、成瀬の思い出の中には、もうバイクで走ったことも、朝焼けを見たことも、今、この瞬間も全部が入っているらしい。

「なんか、せつないっすね」

ずっと黙っていた吉岡が、ぽつりと言った。日本酒に夢中なのかと思っていたが、二人の会話に真剣に耳を傾けていたようだ。

吉岡の目から、ぽたぽたと大きなしずくがテーブルに落ちる。吉岡は泣いていた。

「泣くなよ。そんな飲んだか？」

成瀬が吉岡の前の徳利（とっくり）を振る。たぷたぷとした音からして、まだたっぷりと残っている。相当酒に弱いのか、吉岡は顔を真っ赤にして、ぐずぐずと泣いている。陸がおしぼりを手渡すと、小さくすいません、すいませんと繰り返しながら、顔を覆った。

扉がガラガラと開き、「遅くなりました〜」と軽やかな女性の声が聞こえてきた。

なんとなしに目をやると、買い出しに出ていたお店の人だろうか、買い物袋を抱えた着物の女性がカウンターの奥の厨房に入っていくのが見えた。何歳ぐらいの人なのだろうか。女性の年齢はよくわからない。少女のような雰囲気があるのが印象的だった。

「だけどさ。青春の思い出ってのは、貴重だぞ。いくら金あっても、地位あっても、今幸せでも、青春の思い出ってやつだけは、手に入らないんだ。それは心残りかな」

そうか、と陸は思った。成瀬には青春の思い出がないのだ。高校時代に家業が傾き、学業どころではなく、部活どころではなく、そしてきっと恋愛どころでもなかった。廃校になった高校で、昔を懐かしんでいたのかと思ったけれど、違ったのかもしれない。

陸と、新たにあの場所の思い出を作ろうとしていたのではないか。

陸は探していたヒントをつかんだような気がした。成瀬の人生をほんの少しでも幸せにするための、何か。

時系列が関係ないというのならば、今から青春の思い出だって手に入るのではないか。

「青春の思い出……」

考え込むように呟いた陸は、ふと成瀬の視線に違和感を覚えた。隣の自分を見ているようで、見ていない。

そっと視線をたどると、先ほどカウンターに入っていった女性の姿があった。料理人に向かって、にこにこと買い物の成果を披露している。

「あ……何か？」

成瀬の視線に気づいた女性が、笑顔で尋ねる。しかし、成瀬は寡黙な銀幕スターのような表情で、うつむくと、「あ、いえ」と短く答えた。お冷やを口に運ぶ仕草も、やけに気取っている。

「あっ、えっ⁉」

突然、女性が驚いたような声を上げた。

「成瀬くん！　成瀬くんじゃない⁉」

女性は少しはしゃいだ様子で、カウンターから身を乗り出す。

成瀬は視線を少し上げ、その姿をどこか眩しそうに見つめた。

その成瀬の顔を見ただけで、陸は気づいてしまった。彼女が彼にとってどんな存在かということに。

9

ログハウスのベッドの上で、成瀬は体をくの字にして、じっと薬を待っている。

「飲み過ぎましたかね」

陸は点滴の準備をしながら、軽い調子で言った。短い旅の間に、陸にとって成瀬の痛みは、日常の一部になりつつある。病院でも今以上に痛みに対処してきたはずだが、成瀬ひとりと向き合っている時間が長いからだろうか。痛みをずっと身近に感じていた。

居酒屋で、陸はほとんど酒を口にしなかった。どこかで、備えている部分があった。

自分は医者なのだなと手を動かしながらしみじみと思う。

だいぶ酔いが回っていた吉岡も、すっかりしゃんとした様子で、準備を手伝ってくれていた。

成瀬のビールも、あの量なら完全に抜けているはずだ。セーブさせて良かったと、ほっとする。

声をかけながら、点滴の針を刺すと、成瀬は痛みに上ずった声で「お前、言うなよ」

と言った。

「は？」

「百合さんに言うなよ」

居酒屋の女性は百合といった。

接客の合間に交わされた、断片的なやり取りから察するに、成瀬の高校時代の同級生らしい。あの居酒屋は百合が親から継いだ店だというから、暖簾をくぐる前から、成瀬はあの再会をどこかで期待していたのだろう。

「また、あの店、行く気ですか⁉ ああ、高校の時、好きだったとか」

「ううっ。イテエイテエ」

成瀬は大仰に腹を押さえた。陸は白い眼を向ける。

「わざとじゃないですか？」

「ホ、ン、ト」

成瀬はまた哀れっぽく痛い痛いと喚いてみせる。陸と成瀬の漫才のようなやりとりを見て、吉岡は思わずというように笑った。

陸も笑いながら点滴を落としはじめる。

痛い痛いと冗談のように言うが、実際、その体は痛みで強張り、緊張している。

陸は無理に軽口を叩きながら、そっと成瀬の背をさする。

この魔法の効き目が、一秒でも早く訪れることを祈りながら。

強張っていた成瀬の表情が、少しずつやわらかくなってくる。

陸はずっと成瀬の横で、じれったいほどの変化の様子をつぶさに見ていた。

隣のリビングからは、かすかな物音が聞こえてくる。吉岡がリビングのソファに予備のシーツをかぶせて、寝る準備をしているのだ。

吉岡はここに泊まることになった。最初からそのつもりだったというからちゃっかりしている。いや、間近で、陸と成瀬の様子を見てくるようにと、小宮に指示されているのかもしれないが。

もう、カリウムのことはとっくにバレているのだろうな、と思う。

厳密に管理されている薬なのだから当然のことだ。

だが、吉岡の意図がわからない以上、こちらから話題に出しては藪蛇になるかもしれない。

あとどれぐらい旅を続けられるのだろう……。

成瀬の顔を見ながら思う。

もしかしたら、もう医師として成瀬の終わりを見届けることも許されないのかもしれない……。

そんなことを思いながらも、陸は笑顔をつくる。

「そうだ、オッサンにとって、青春ってどんなイメージですか？」

「えっ、そりゃ、お前。自転車のふたり乗りとか、花火大会行くとか……。校舎の裏で告白とか」

あまりにも王道な答えに、思わず陸はふきだした。作家らしくもっとひねった答えが返ってくると勝手に想像していたのだ。かわいらしい人だな、と笑われて不貞腐れたような顔を見て思う。

「笑うなよ」

そう言いながら、成瀬も笑いだす。

笑い声がおさまると、やわらかな沈黙が下りた。

口の端に笑みを残したまま、成瀬は薄く呟いた。

「死にたくないよ」

「死にたくないよ、先生」

泣き喚くのでもなく、訴えるのでもない、その言葉はひどく儚く響いた。死にたくないと言いながら、生に必死に食らいつく言葉のようには聞こえなかった。それでも、死ではなく、生に向かっている言葉ではある。

「殺してくんない？」という言葉にはいいですよ、と答えたというのに、「死にたくない」という言葉には、答える言葉がない。

無力だな、と思わずにはいられなかった。

嘘は嫌だと言いながら、いざ本当の成瀬の言葉を聞かせてもらっても、答える言葉すらない。だから、陸は仕方なしに笑顔を作って、誤魔化してみせる。

「……こういう時だけ、先生って言うんですね」

成瀬がふっと笑った。

「先生って言うと、どうにかしてもらえる気がするからな」

「僕も、どうにかしなきゃって、思います」

どうにもできないけれど、どうにかしたい。冗談めかして言ったけれど、本当に成瀬に「先生」と言われると、何とも言えない気持ちになる。

「死にたいって言ってみたり、生きたいって言ってみたり、おかしいな、俺」

成瀬は自嘲するように笑った。

「人間ってそういうもんじゃないっすか？」

「死にたくないよ。ただただ、死ぬってことをはねつけたいよ。死ぬ前にこれやりたい、なんて前向きな気持ちにはなれないね」

「はい」

「ああいうのは、みんな作り話さ。映画とか」

「はい、作り物なんで」

「俺は作家だからわかる。物語は、みんな綺麗ごとだよ。だから、美しいんだ。死はさ、本人は語れないんだよ。死んじまうだろ。生きてる周りが語るんだ。美しくね」

「そうかも、しれないです」

「本人の心の中なんか、わかんないよ。映画なんか見てるとさ、最後都合よく時間がとんで、骨を富士山だかエベレストに撒いて、エンドだよ。違法だけどな、あれ。死を恐れる、病に苦しむその時間は、ほんの五秒の描写だ。すぐ次のシーンだ」

「それは、ホントは、長いんですね？」

「死ぬほど、長いね。無限に感じるね」

残された時間はわずかなのに、恐怖や苦しみを感じているからこそ、無限に感じるというのは、ひどく皮肉な話だ。

「恋の一時間は、孤独の千年」

陸が小さな声で口ずさむと、成瀬は「なんだ、それは？」と尋ねた。

「母が歌ってました」

「あ、俺それ知ってる。ユーミンだな」

成瀬は薄く笑った。

「痛くても笑うな。怖くても笑うな。一瞬、忘れるな」

「はい……」

「いろんなときが、瞬間があるな。その瞬間の寄せ集めが、人生ってやつかな」

陸は黙って成瀬の背中をさする。

成瀬はもう文句も言わず、少し安らいだ目をして、ゆっくりと深い息を吐いた。

10

居酒屋の暖簾をくぐって、陸が顔を見せると、百合は後に続く成瀬の顔を探すように、視線を動かした。しかし、陸が一人だと気づくと、驚いた顔も見せず、まるで常連を迎えるような温かな笑顔で迎えてくれる。

成瀬とはこの日も一緒に、この店を訪れる予定だった。百合にも、また明日も来ると話していたのだ。

しかし、昨晩から成瀬は起き上がれずにいた。痛みも強く、鎮痛剤が追い付かないほどだった。

とうてい居酒屋になど行ける体調ではない。

陸は当然、成瀬について見守っていたが、夜になり、店に行くようにと命令された。行かなかったら、成瀬に何かあったと百合が心配すると言うのだ。なにか予定ができたと思うだけだと説得もしてみたが、百合は待っているはずだと、成瀬は譲らない。ちょろっと顔を出して、本当の理由は漏らすことなく、うまくごまかしてくれと無茶なことを言う。

しまいには陸が折れ、少しだけ店に顔を出すことにした。成瀬から目を離すのは心配だったが、その間は吉岡がしっかり見てくれるという。カバンの中の、アンプルが気になったけれど、わざわざ持ち出して出かけるのもいかにも怪しい。結局、陸は何も持たず、ひとりタクシーに乗って、居酒屋に向かったのだった。

陸がカウンターに座るなり、百合は成瀬のことを尋ねた。成瀬が来なかったら心配するというのは、当たっていたらしい。

成瀬から口止めされていたけれど、陸はあっさりと成瀬の病気のことを話した。悪いとは思ったけれど、青春の思い出のために、必要なことなのだと心の中で謝る。余命のことまでは話さなかったけれど、なにか察するものがあったのだろう。百合は「そう」と息のような声で言った。

「……体、そんなことなってたなんて」

「今日も、一緒に来るはずだったんですが、あんま調子よくなくて」

百合が出してくれた煮物を突きながら、水を飲む。お酒を飲むか尋ねられたけれど、成瀬を置いてきた状態で、飲む気にはなれなかった。酔う気もしないし、酔っている場合でもない。

「私ね、図書委員だったの」

サービスだと炒った銀杏を出してくれた百合が、まるで秘密を打ち明けるように言う。どことなく落ち着いた雰囲気のある百合に、図書委員はぴったりだった。

「あ、なんかそんな感じします」

「図書室に本借りに、よく来てたな」

そういえば、お金がなくて、図書室で借りたと言っていたなと思いだす。

文学少年だというのは本当のことなのだろう。しかし、百合がカウンターにいるタイミングを狙って、通い詰めていたのではないか。そんなことを想像する。

当時はうまく言葉も扱えず、百合に向かってぶっきらぼうに本を突き出す、高校時代の成瀬が目に浮かぶようだった。

ある時、百合は成瀬に「本、好きなんだね」と声をかけたという。

「書いてるんだ。ちょっと、自分で」

うつむきながら、少し得意げに告げた成瀬に、百合は素直に「え？　自分で？」と驚いてみせた。

すると、成瀬は初めて百合の目をまっすぐに見て、「今度、読んでくれますか？」と告げたのだった。

「でも、出来なかったけどね。口ばっかり」

百合はふふと懐かしむように笑うと、さりげなく空いている器を片付ける。

カウンター越しに時折、常連客の相手をしながら、てきぱきと働く百合の姿からは、容易に図書室のカウンターに立つ彼女の姿を想像できた。陸は「今度、読んでくれますか？」という成瀬の言葉はほとんど告白だったのだろうなと思う。

「お願いがあるんです」

今日は寒いからと、気を遣って温かいお茶を出してくれた百合を呼び止め、陸は告げた。

「青春の……思い出づくり」

このために、成瀬を残してやってきたのだ。

「青春の思い出づくり？」

百合は陸の勢いに少し驚いたように目を丸くさせると、青春という言葉に少しくすぐったそうに笑った。

成瀬は荒く息を吐きながら、じっと痛みに耐えていた。

陸がいないログハウスはひどく静かだ。

ベッドのすぐ横には吉岡がいて、点滴の準備をしているのだが、関係性の問題だろうか、妙に気配が薄く感じた。

心細いのだ、と渋々、成瀬は自分に認めた。

自分から無理やり送り出したというのに、そして、まだ陸がでかけてから一時間も経っていないというのに、陸がすぐ横にいないということを、痛いほど感じている。

ちょっとの間に懐いたもんだな、と自嘲しながら、成瀬は吉岡に話しかけた。

「お前、病院いいのかよ?」

「明日の朝、戻ります」

吉岡は有給を使って、わざわざ追いかけてきたらしい。自分が来いと言ったわけでもないが、迷惑をかけたなと思っていると、吉岡は「全然有給使ってなかったんで」とぎこちなく笑った。

吉岡はあまり目を合わせずに、処置をすませると、「何かあったら呼んでください」とだけ言って、隣の部屋に消えていった。

隣にいてくれないんだなとその背中を目で追って、恥ずかしくなる。病院では横に誰もいないことなんて当たり前だったのに、すっかり誰かの声が、呼吸が、体温が傍にあることに慣れてしまった。

まあ、吉岡が傍にいても気づまりだったかもしれない。

何度か、会話を試みたものの、すべて不発に終わっていた。吉岡があまり表情を動かさないこともあり、やたらと話しかけてくるオッサンにうんざりしているのか、そうでもないのかも判別できない。そういや、昨日突然泣き出したのは、なんだったのだろう。陸もつかみどころのない若造だと思ったものだが、吉岡と比べればまだわかりやすい。

これが時代ってやつか、と思いながら、目を閉じる。

しばらく、うとうととしていたが、ゴトンというかすかな音に、成瀬はぱっと目を開けた。吉岡が向かった方向から聞こえてくる。

なんだ、あいつか、と思いかけて、成瀬ははっとする。隣の部屋には、陸の荷物がある。

成瀬は痛みを堪えながら、慎重に体を起こした。

点滴台に摑まりながら、ベッドから降りる。そして、点滴台にすがるように、隣の部屋に向かった。

吉岡は成瀬に背を向けて、座り込んでいた。その手元には、陸の大きなカバンがある。その傍らには、マガジンラックが倒れていた。先ほどの音はこれらしい。

「何探してんだ」

成瀬が低い声で尋ねると、吉岡の肩がわかりやすく跳ね上がった。

振り返った吉岡の手の中のものが、きらりと鈍く光った。

「何持ってく気だ？」

成瀬はじりじりと吉岡に近づいていく。吉岡は腰でも抜かしたかのように、蒼白な顔で、成瀬を見上げていた。

「上から言われたか？」

吉岡が手にしているのは、カリウムのアンプルだった。魔法の薬1の方だ。陸にどうやって薬を入手したのか、詳しくは聞いていないが、どうも悪知恵が働くようなタイプとも思えない。あっという間に、薬のことはバレたのだろう。成瀬は吉岡が上司の命令で薬を回収しに来たのだろうと思った。

しかし、吉岡はふるふると首を横に振る。

「いえ……自分で」

そうか、ならば、と成瀬は点滴台に縋りながら、ゆっくりとしゃがみこんだ。吉岡と正面から視線を合わせる。

「置いてってくれないか」

吉岡は成瀬の視線にとらわれたように、目を合わせたまま固まっていた。アンプルを持つ手が、細かく震えている。

「俺とあいつのお守りなんだ」

「おまもり……？」

「それがあるから、俺はこうして生きるんだ。旅が続けられる」

いつでも死ぬことができるから、生きていける、なんて、おかしなことに聞こえるかもしれない。しかし、本当のことだった。

成瀬の真摯な訴えに、吉岡の目が揺らぐ。

「お前に俺の気持ちがわかるか？　痛みが怖いんだ。苦しむのが怖いんだ。恐怖が俺を飲み込んでいく。取り上げないでくれ」

成瀬は点滴台から手をはなし、両手で吉岡の肩をつかんだ。ぐらりとバランスを崩し、全体重で縋り付くような形になった。

ただただ必死だった。

成瀬にはそのお守りが必要で、それはきっと陸にも必要なもので、何より、二人が旅を続けるために必要なものだった。

吉岡はごくりと喉を大きく動かして唾をのみ込む。そして、そっとアンプルを箱に戻し、蓋をした。

「……見なかった、ことにします」

そして、陸のカバンを元の通りに片付けると、座り込んでいたままの成瀬の体を支え、ベッドに戻してくれた。

それから、陸が戻ってくるまで、吉岡は一言も話さなかった。成瀬もまた黙っていた。

しかし、吉岡は成瀬の横を今度は動こうとはしなかった。

成瀬は吉岡の存在を感じながら、うとうとと浅い眠りに落ちた。

痛みを押して、無理に動いたからか、ひどく体が重かった。

まだ夜が明けきらない時間に、吉岡はタクシーを呼んで、ひとりログハウスを出た。

この日の夜から病院に戻る予定だから、早朝に出発するということは、陸には告げてある。それももちろん本当のことではあったが、なるべく陸や成瀬と今は顔を合わせたくないというのが本音だった。

あの後、陸はすぐにログハウスに戻ってきた。

吉岡は成瀬が陸に話すのではないかとびくびくしていたが、成瀬は何も言わなかった。

二人の様子をうかがいながら、吉岡はいっそ話してくれればいいのにと恨めしく思ったりもした。そうすれば、思い切って正面から陸を問いただすこともできたのに、と。

しかし、吉岡は何も言えないまま、ソファに横になり、ほとんど眠れないまま朝を迎えた。

タクシーを降り、ホームに向かうと、電車が来るまでまだ時間があった。

吉岡は少し迷って、スマートフォンを手にした。

「はい、もしもし」

少し長いコールの後、陸の不明瞭な声が届く。明らかに寝起きの声だった。声とともに聞こえる音から、成瀬の眠りを邪魔しないように、陸がログハウスの外に出たのがわかった。

「あ、俺です。朝早かったから、挨拶もしないで出ちゃって」

「ああ……」

応じる声は眠たげだ。朝早くから申し訳ないと思いつつ、今を逃したらもう、話す勇気がなくなりそうで、吉岡は「あの」と切り出した。

「ん?」

「うまく言えないんだけど」

「なんだよ」

「おととい、先輩と成瀬さんがしゃべってんの聞いてて。俺、思ったんです」

寝床を整えながら、吉岡は隣の部屋の二人の会話を聞いていたのだった。最初はなんとなく耳に入ってくる程度だった。気づけば、手を止め、聞き入っていた。

終わりを強く意識しながらも、やわらかな笑いを交えた二人のやり取り。隣の部屋から聞こえる二人の声は、どこか春の雨のように優しく、吉岡は切なくしみじみと聞いていた。

「何」

優しい声にうながされ、吉岡はつっかえつっかえ言った。

「助けたいけど、助けられないから、人はただそばにいて、おしゃべりするんだなって、子供のようなことを思いました」

「どうなの？　そんな医者」

苦笑交じりの陸の声が、耳をくすぐる。

「俺たち、あ、一緒にしてすみません」

「いいよ、言ってみ？」

「俺たち、医者である前に人間なんで。……人間なんですよ。医者も患者も、同じ人間なんすよ」

言葉を重ねるほどに、感情が高ぶる。気づけば涙がこぼれていた。

会津に来てから泣いてばかりいる。これまでの人生で泣くことなんて、数えるほどしかないのに、ここにきてハイペースで記録を更新し続けている。

言いたいことはたくさんあるのに、喉につっかえて出てこない。

少しずつ、ホームに人が増えてきた。遠くからゆっくり近づいてくる電車が見える。

「電車、来たんじゃないの？」

電車の音に気付いた陸が言う。吉岡は慌てて陸に電車に乗る旨を伝え、電話を切った。

電車に揺られながら、結局、薬のことは何も言えなかったなと思う。よく考えてほしいと、それだけを伝えるために、わざわざ休みを取って、会津まで来たのに、言えなかった。しかし、口にはできなかったけれど、なんとなくそれはもう十分に伝わっているような気がした。何より、吉岡は見なかったことにすると、もう選んでしまった。あとは、陸を信じるだけだ。

電車に揺られながら、遠くなっていく会津の町を見つめる。早く病院に戻りたいなと吉岡は思う。患者さんたちの顔が見たかった。

11

朝、成瀬は自然に目を覚ました。

体の痛みもほとんどなく、頭もすっきりしている。痛みが潜伏している気配はどこかにあって、手放しでは喜べないのだが、それでも起き上がれないほどの痛みがないというだけで、人生は素晴らしいと簡単に思える。

朝のバイタルチェックを終え、機嫌よく朝食を食べていると、突然、陸が百合と会う約束をしていると言い出した。

いつの間にと思ったが、ひとりで居酒屋に行った時かと思い至る。行かせるんじゃなかったと今更思ってももう遅い。

成瀬はぶつぶつ文句を言いながらも、手持ちの服の中で一番ぱりっとして見えるものを選び、念入りに身支度を整えた。

百合との待ち合わせの場所は、高校の校門だった。

しばらく待っていると、屈託ない笑みを浮かべながら百合が駆け寄ってきた。

手には大きなバスケットを提げている。

着物ではなくダッフルコート姿の百合はより若く、本当に少女のように見えた。

何よりその笑顔は、高校の時からまるで変わっていない。

成瀬は思わず目をそらし、視線を荒れたアスファルトにさまよわせる。隣で陸がぶんぶんと気楽な様子で手を振っているのが、小憎らしかった。

いざ、校内に侵入しようという段になって、百合は戸惑ったような顔で校門を見つめた。まさか校門を乗り越える必要があるとは思ってもみなかったようだ。陸は一足先に門を乗り越えたものの、どうしたものかと慌てている。

成瀬は意を決して門に足をかけた百合を押しとどめ、急いで門を越えると、記憶を頼りに、小さな通用口へと向かった。この扉なら内鍵を捻(ひね)れば、簡単に開く。

成瀬は意気揚々と百合を通用口へとエスコートした。

百合から大げさなほどに感謝され、成瀬は思わず顔を赤らめる。見上げるような百合の視線を受け、自分の体がひと回りもふた回りも大きくなったように感じた。

成瀬は百合と並んで、学校のあちこちを見て回った。

陸は二人の後を、少し遅れてついてくる。

保護者付きのデートかと思ったが、隣の百合と目が合うだけで、年甲斐もなく心が浮き立った。

「わー、懐かしい。あの頃のままだ！」

校舎に入った途端、百合は目をキラキラさせた。持っていたバスケットを陸に手渡すと、勢いよく走りだす。

ああ、そうそう、結構マイペースなやつだったよな。無意識に振り回されるのが結構嬉しかったことを、その後ろ姿で思い出す。

それにしても元気だなあと思っていると、百合が突然立ち止まり、くるりと振り向いた。

「ストップ１００！」

「なんだー、それ？」

百合が小走りで戻ってくる。

「えーっ、覚えてないの？　廊下走るとさ。見つけた人が、こうやって、指差して、ストップ100って言うと、その人、そこに立ち止まって百数えなきゃいけないっての、あったでしょ？」

「あっ、ああ。あったあった。けどもだな。それ、小学校だ」

「あ、そか」

百合は声を上げて笑った。死を前にしていなくとも、年を取れば、時系列は関係なくなっていくのだな、となんとなく思った。

「小学校から一緒なんですか？　幼なじみ？」

陸が尋ねると、百合は大きく頷いた。

「この辺は、みんなそうなの。公立高校。小中高と一緒な人多いよ。先生、都会の人？」

「ずーっと東京で」

それだけ答えると、陸はまたすっと後ろに下がった。手には百合のバスケットを持ったままだ。今日は黒子に徹するつもりらしい。

成瀬たちは埃っぽく時が止まったような廊下を抜け、三年生の教室へと向かった。

「わー、懐かしい。最後、同じクラスだったもんね」

一歩入るなり、百合が声を上げる。成瀬は「ん、そうかな」と短く答えた。

少し拍子抜けしていた。教室を見た途端、思い出がよみがえり、懐かしさに圧倒されるのではないかと期待していたのだ。しかし、教室を見ても、新しく思い出せるようなことは何もなかった。それどころか、ここが思い出の場所だという確信が持てない。うっすらと記憶にあるような感じもするのだが、どうにもぼんやりとしている。

「あー、私、席この辺。成瀬くん、あの辺」

百合は一つの机に駆け寄ると、もう一つの机をはっきりと指さした。

「よく覚えてるな」

成瀬は素直に感心した。それに比べて自分は、とがっかりもした。なんとか記憶を絞り出せないかと、成瀬がうなっていると、陸がチョークを手にして、黒板に何やら書き始めた。

相合傘だ。百合さん、成瀬と名前まで書いて、陸はどこか満足そうだった。

「何やってんだ、お前」

こんな悪戯をするやつだったのかと、成瀬は呆れてしまう。今時小学生だってやらないぞ、多分。すぐさま消してやろうと思ったが、百合が楽しげに笑っているので、まあいいかと思いなおした。

百合とちらりと目が合う。その笑顔がくしゃりと歪んだように見えてどきっとした。一瞬、彼女が今にも泣きだしそうに思えたのだ。

教室を出た後、成瀬は百合に引っ張られるようにして、校舎の片隅に向かった。

「あ、音楽室、ねえ覚えてる？」

音楽室の前で、百合がしゃがみこむ。百合が指でなぞっている場所を成瀬も横からのぞきこんだ。

「確か、この扉の裏に……、ね、ほら、残ってる‼」

扉の裏の柱に二人の名前が彫ってあった。

彫刻刀か何かで彫ったのだろう、きれいな整った文字ではないけれど、それは確かに二人の名前だった。

「なんかさ、ふざけてドラマみたいなことやってみようって、二人でやったじゃない」

言われてもさっぱり思い出せなかった。柱に刻まれた文字を見るに、確かにあったことなのだろう。覚えていないと言ったら、百合を傷つけそうで、成瀬は黙り込む。

百合は「恥ずかしい」と両手でぱたぱたと顔を扇ぎながら、呟いた。本当に恥ずかしかったのだろう、「先に屋上行ってるね」と言い残し、小走りに駆けていってしまった。

「……みんな、みんな忘れてしまうのか」

「え？」

独り言を陸に拾われ、成瀬は苦く笑ってみせる。

「いや、死んだらさ」

「いや、オッサン。忘れてたじゃないですか？　百合さんに言われるまで。今、思い出したんでしょ？」

陸の鋭いツッコミに、成瀬は笑うしかない。確かにそうだ。死とともに大事な思い出たちも失われるとばかり思っていたけれど、もう今の時点で、自分はこんな大切なことも忘れてしまっている。大切に抱えていた記憶の箱には大きな穴が開いていて、知らぬまにほとんど空になっていた。そんなことにも気づかず、青春の思い出がないなんて、嘆いていたのだ。

「いや、お前、俺は実は思い出してさえいない。思い出せない。そんなことあったのかって気持ちだ。だいたいなんで音楽室に……」

容赦なくからかわれるかと思ったが、「オッサン」と呼ぶ陸の声は優しかった。

「オッサンの歳の人って」

陸はさっとスマートフォンを取り出し、簡単な計算をする。

「二万二千日生きてます。忘れてる日もあって当然だと思います」

印籠のように突き付けられた計算機アプリの数字の説得力に、成瀬はなんとなくそうかもなと思えた。

「ああ。しかしこんな大事なことを。けっこうあれだな。人は過去ってのをいい加減に覚えてるな。改竄（かいざん）してるかもな」

「けっこう自分の人生、自分が思うよりもいい人生だったりして」

「いいな、それ」

自分に言い聞かせるつもりが、口にしているうちに、本当だなと思えた。厳密には思い出せてはいないけれど、自分には自分でも羨ましくなるような青春があったのだと知ることができた。

「でも、人って、なかなかこんな用意周到に死ねないんじゃないでしょうか？　プツリと停電のように、明日を向いたまま亡くなる人もいるんでは」

「……そうだな。それは、それで、一つの死に方かもな」

彫刻刀の跡をなぞるように触れる。その光景と感触を新たに記憶に刻むと、成瀬は立ち上がり、ゆっくりと百合の後を追って、屋上に向かった。


屋上でお弁当を食べるというのは、最初から決めていた。

ひとりで居酒屋を訪れた際、陸は百合に相談しながら、綿密にこの日のデートプランを練り上げたのだ。

クライマックスは屋上で見る、冬の花火だ。

ちょうど今日、花火大会が開催されると知った時は、もう神様が後押ししているのだと本気で思った。天国も神様も信じていない陸でもそう思ったのだ。

それで、思い切って百合に事情を話し、協力をお願いしたのだった。

成瀬が病気のことを知られたくないのはわかっている。しかし、二人きりで花火を見せてあげたいと考えると、百合に病気のことを話し、備えてもらうというのは、絶対条件だった。百合が知らなければ、何か起こった時の対処が遅くなる。

百合は陸の提案を快く引き受けてくれた。居酒屋を休んで、時間を作ってくれただけでなく、時間をかけて、わざわざお弁当まで作ってきてくれた。

陸たちが、遅れて屋上に到着すると、百合は陸の手からバスケットを受け取り、お重やタッパーや飲み物を次々と取り出した。

「これが、唐揚げでしょ。こっちが出汁巻き卵。うまく出来てるかな～？」

お弁当箱の中をのぞきこんで、陸は思わず「うまそっ」と声を上げる。成瀬も「おお」と唸った。

海苔をまいたおにぎりとぎっしりと詰められたおかずは、どこか懐かしさを感じさせた。学生の頃、母が作ってくれたようなおかずばかりだ。高校時代の雰囲気を出すために、わざわざそれらしいメニューを考えてくれたのだろう。

思わず手が伸びそうになるのを堪えて、陸は「あ、でも、この辺で僕は」と二人に告げた。

成瀬は突然、二人きりになることに、少し不安そうな顔をしている。モテまくってきたと豪語する売れっ子作家とは思えない顔だ。陸はひらひらと手を振って、階段へと向かう。

数段降りたところで、百合が追いかけてきた。

「あ、ねえねえ、先生、ビール、持ってって。あと、これ取り分けた」

お重の蓋にかなりの量のおかずが載っている。おつまみには十分な量だ。

陸はおしいただくようにして受け取った。

「うまそ。ありがとう。あ……あの、僕、近くにいますんで。何かあったら携帯」

「うん」

これもしっかりと打ち合わせていたことだった。互いの番号もしっかり登録している。

「何か気をつけることは？」

「大丈夫です」

「はい」

百合はしっかりと頷いた。この人になら、成瀬を預けられる。そう思いながら改めて頭を下げる。

「すみません。こんなこと、つきあわせて」

百合は少し言い淀み、そして、ふっと笑った。

「……感謝、したいくらい」

「え？」

「私も、青春、やり直したいもん」

そう言うと、百合はぱっとスカートを翻し、階段を駆け上がっていった。

12

ゆっくりと日が暮れていく。

見事な夕焼けも美しいが、会津の町を抱え込むような山々の黒々としたシルエットもまた荘厳な美しさがあった。

成瀬は百合と二人きりという状況に、少し緊張していた。不器用なあの頃に戻ってしまったようだ。それでも、百合の屈託のないおしゃべりに付き合っているうちに、不思議と気持ちがほどけていくのも、あの頃と同じだった。

「いっぱい作って来たね」

成瀬は並べられたお重を覗き込む。三段のお重にはそれぞれぎっしりと料理が詰め込まれている。食が細くなった今はもちろん、部活をやっていたころの自分でも、絶対に食べきれないだろうという量だ。

「ピクニック。屋上ピクニック。夜の屋上ピクニック。楽しくなっちゃって。しかも花火つき」

百合は弾むように口にして、また屈託なく笑う。

「変わんないなあ」

成瀬は思わず呟いた。この笑顔を見るために図書室に通い詰めたことを思い出す。自分とは違ってきっと悩みの一つもないのだろうと、憧れつつも、捻くれたことを考えていたが、百合もまた実家のことで苦労していると知り、愕然とした。百合は出て行ってしまった母の代わりに家のこと一切を取り仕切り、居酒屋の手伝いまでしていたという。成瀬はそのことを、ずいぶん後になって、本人ではなく、周りの友人から聞いた。

「変わんないはずない」

「なんていうか、笑い方とか」

百合は恥ずかしそうに否定するが、本当に変わらない。きっとあれからまた苦労だってあっただろうに、人生は楽しいと笑う彼女の笑顔を、成瀬は美しいと思う。

成瀬は空を見上げた。少し残った夕焼けが、みるみる夜に染められていく。もうすぐ花火の時間になる。

「冬の花火かあ。昔からあったっけか」

「七年前くらいからかな。始まったの。震災からの復興のために、って」

気づけばもう辺りはまっくらだった。

パンパンパンという軽い音がしたかと思うと、空いっぱいに花火が広がる。

様々な花火が組み合わされた、派手な演出に、思わず、「おおっ」と腹から声が出た。

「綺麗〜！」

百合も歓声を上げる。

最初の盛り上がりが過ぎると、緩急をつけて飽きさせない狙いがあるのだろう、ぽつりぽつりと昔を思わせるような渋い花火もあがるようになった。

派手な花火もいいが、こういう花火が好きだと、成瀬は思う。あれだけ大きく人の目を引き付けているのに、手持ちの線香花火のような、儚さがあるところがいい。

百合はバスケットから小さなＬＥＤのランタンも取り出した。ランタンの光が、闇に溶けつつあった料理や、互いの顔をぼんやりと照らし出す。

百合はランタンを手に、まるで冒険の旅の最中かのようなわくわくとした表情を見せている。成瀬は思わずふきだした。

百合はさらにバスケットから魔法瓶を取り出し、中身を注いで、成瀬に手渡した。

手にしたカップはじんわりと温かい。一口飲むと、それは白湯だった。

百合と一緒にお酒を飲みたかったような気もするが、あの頃の気分を味わうなら、お酒でなくてよかった気もする。何より、白湯は冷えた体に染み渡った。

カップを手でくるみじんわりとした温かさを感じながら、百合と花火を見上げる。

「よく来てくれたね、うち」

「まさか、いるとは思わなかったけど」

「郡山に結婚して行ったんだけど、出戻った。もう、何年たつかなあ」

「お子さんは？」

「出来なくてね。それも、ダメになった原因かなあ。あ、ハートの形」

百合は空を指さした。少しひしゃげているが、ハートの形の花火がいくつも空に浮かんでいる。

「今はいろんなの、あるのよねえ」

「そう……」

成瀬は相槌をうつ。人生も、花火もいろいろだな、と思った。

「ねえ、成瀬くん、高校の時、書いたの見せてくれなかったね」

すねたように言われ、成瀬はどきりとした。

高校時代、百合には何度も小説はまだかと催促された。そのたびに、「あと、ちょっと。もうちょっと」と逃げ回っていたのだ。

「あ……完成しなかったんだよ」

本当にあの時は完成していなかったのだけれど、完成していても、見せることができたかわからないとも思う。一度は見てもらいたいと思ったけれど、思った以上に自分をさらけ出す行為に怖気（おじけ）づいていた部分は否めない。

「私、でも、読んでたよ。成瀬くん、プロになってから。すごいね。小説家なんて」

「いや」

「私、何かの雑誌で読んだあのエッセイ忘れられない。『ウサギ、波を走る』。お子さんの、ウサギが海に流されそうになるやつ」

「あ、あれ……」

それは成瀬にとっても、特別な一本だった。

元妻と娘と三人ででかけた海での出来事。

今でも思い出すだけで、胸が痛くなるほど幸せな記憶だった。

タイトルの「ウサギ、波を走る」というのは諺（ことわざ）から取った。

波間に浮かぶ、白い月影を兎に例えた言葉らしい。また、仏教の悟りにおいて、浅い段階にとどまっている人のたとえでもあるという。なんでも、兎が水に入ることを嫌がるからだとか。表面だけ、上っ面だけということだ。

自分に似合いの言葉だと、自嘲的な意味も込めてつけたのを覚えている。

「結婚したんだね」

「離婚しました」

「あら」

「あら」

成瀬はそのまま言葉を返し、ふっと笑う。百合もおかしそうに笑った。

その短いやり取りの中で、なんだか戦友になれたみたいな気がした。離れていたけれど、お互い、それぞれの場所で戦ってきたのだな、と。

「また書いてよ。私、読むよ」

百合は屋上の手すりから少し身を乗り出すようにして言った。振り返って、成瀬を見た彼女の笑顔に、成瀬は「ん、うん」と頷いていた。

今度こそ約束を守らないとな、と思う。

ポップコーンが弾けるような音がして、連続で花火が打ちあがる。

クライマックスなのだろう。

もう空は眩しいほどだ。

口を少し開けながら、夢中になって空を見上げる百合の横で、成瀬は脇腹を押さえた。

こっそりと体を丸める。

じわじわとした痛みの気配は、少し前から感じていた。しかし、きっともうすぐ花火は終わる。百合を見送るまで、堪えるつもりでいた。幸い、ランタンの光があるとはいえ、あたりは薄暗い。誤魔化し切れると思った。

しかし、強い痛みは虚勢を張るような余裕も、今この瞬間の思考さえも奪いつつあった。

それでも、成瀬は花火を見上げようとした。最後まで見届けたい。

「成瀬くん……？」

戸惑うような声に、心配するなと笑顔を向けたつもりだったが、ひどい出来だったようだ。ゆっくりと手から、カップが滑り落ち、からんと音を立てる。

「成瀬くん！　成瀬くん」

百合は必死に呼びかけながら、手にしたスマートフォンを操作する。

「どこ？」と問うと、百合はスマートフォンを耳に当てながら、「先生」と言う。

成瀬は百合の腕を必死につかんだ。

「もうちょっと……もうちょっとだけふたりでいないか？」

「でも今、押しちゃった」

百合はすまなそうに言うと、成瀬を壁にもたれるように座らせ、お重などを投げ込むように乱暴にバスケットに詰めていく。

あっという間に荷物をまとめると、百合は成瀬の様子をうかがうようにしゃがみこんで目線を合わせた。もう大丈夫だと安心させるような、屈託のない笑顔。いや、屈託がないなんて、嘘だ。ないはずがない。今だって、成瀬のために必死で、今にも泣きそうに見える。しかし、すべてを飲み込んで、彼女はそれでも笑っているのだ。

「好きだったよ」

思わず口にしていた。

「……ホント？」

「ああ」

「……私も。自信なくて、言えなかった。好きって」

「え……」

百合が横からぎゅっと抱き着いてきた。頬に百合の体温を感じながら、成瀬はさっと血の気が引くのを感じていた。

花火を背景に、初恋の人からの告白。

出来すぎている。そんなわけはない。探るように百合を見る。こちらの様子をうかがう百合の目に同情が混じってやしないか。

あいつの脚本か。

すっかり馴染みとなった、つるりとした顔が頭に浮かぶ。

サービスのつもりか、と冷えた頭で思った。

同情されたいわけじゃない。同情なんてされたくない。

一度は下がり切った血が、ぐわっと音を立てて、駆け上った。耳元で血が逆巻き、花火の音が遠のく。

「あいつ、言いやがったな。ぜったい黙ってろって言ったのに」

歯を食いしばりながら、唸り声を上げる。

「え⁉」

屋上の扉が開き、陸がこちらに向かって、一直線に駆けてくるのが見えた。

成瀬は百合の腕を振りほどいて、立ち上がる。

成瀬は陸に向かって、拳を握った。痛みで身動きも取れずにいたはずなのに、その一瞬は痛みのことも忘れていた。

成瀬は陸に向かって大きく足を踏みだす。

殴ってやるのだ。冗談じゃない。

しかし、数歩歩いたところで、大きくぐらりと体が傾いた。

拳を握ったままで、成瀬は冷たいコンクリートに倒れ込んでいく。

「違うよ！　成瀬くん」

後ろで百合が必死に言っていたような気もするが、それも都合のいい願望かもしれない。

最後に見た陸の蒼白な顔を目に焼き付けたまま、成瀬は意識を手放した。

13

意識を取り戻すと、成瀬はログハウスのベッドの中にいた。

腕には注射の針が刺さっている。

その痛みで、自分はまだ生きているのだなと感じた。

魔法の薬だという意識があるからだろう。打たれただけで、がんの痛みがましになったような気さえするから不思議なものだ。

成瀬が目を開けたのを確認し、ベッドを覗き込むようにしていた百合がほっとした顔で少し笑った。注射を終えた陸も手だけは忙しく動かしながら、ちらちらと成瀬を見ている。神妙な顔をしていた。

百合の話によれば、倒れた成瀬を陸がおぶって下まで降りたのだという。意識のない大柄なオッサンの体はさぞかし重かったろうと思うが、ボーヤはやり遂げたのだった。

成瀬が通用口のことを思い出していたのは幸いだった。火事場の馬鹿力を発揮しても、さすがに校門を越えて成瀬の体を運ぶのは不可能だったことだろう。

陸は一応、まさかの事態に備えていたらしい。

成瀬は通用口前に待機させていたタクシーに乗せられ、ログハウスに戻ったのだった。その際、百合がどうしてもと言い張って同乗したらしい。花火大会でどこも道が混雑していたというから、土地に詳しい百合のナビゲーションがなければ、ログハウスにつくのは相当遅くなっていただろう。

成瀬はほっと胸を撫でおろす。

もしかしたら、病院に搬送されていた可能性だってある。そうしたら、逃げ出した場所に逆戻りだ。旅が終わってしまう。

成瀬はまだ旅を終えたくなかった。どれだけ、今、この男に腹を立てていようとも。

成瀬は睨むように陸を見た。陸は気まずそうに目をそらす。

「今、アセリオ……鎮痛剤と安定剤、アタラックス、落としてるから、じきに楽になります」

陸が百合を安心させるように言う。

今にも泣きそうな笑みを浮かべた百合に、成瀬はぎこちなく微笑み返す。

処置を終え、道具を片付けた陸が、医者の目で成瀬を見る。

そして、何の遠慮か、少し離れた場所に座り込んだ。ノートパソコンを開いて、何やらここで記録でもつけるつもりらしい。

奇妙な沈黙が下りる。長い長い沈黙だった。

「あの……」

百合がおずおずと陸に声をかける。

「はい？」

陸は画面から顔を上げて、尋ねる。

「あの」

「はい」

陸は答えながら、訝しげな顔をしている。

いや、わかるだろ、と成瀬は心の中で陸に盛大にツッコんだ。

ボーヤ先生にはどうやら察するという能力が著しく欠如しているらしい。百合のもどかしげな視線に、小首を傾げている。頭上に大きなハテナマークが浮かんでいるのが目に見えるようだ。

「バカなのか……」

成瀬は小声で呻くように言った。我慢の限界だった。

陸は成瀬と百合の表情に視線を走らせると、ハッとして、慌てて腰を浮かした。やっと自分の邪魔者ぶりに気づいたらしい。

「はっ、あ、はあ」

「あ、でも、あれですよね。ついてないと心配」

陸の狼狽ぶりに、医師が片時も目を離さず付き添うべき状況なのかと勘違いし、百合の方が今度は立ち上がる。陸は「いえいえ」と百合を押しとどめると、早口で続けた。

「落ち着くから。さっきの注射で落ち着きますから。何かあったら、呼んでいただければ。僕、ちょっと、外でタバコ……吸わないか。あ、ちょっと、仕事の用事」

そう言って、スマートフォンを掲げ、コートを引っ掴むと、ログハウスの外に逃げるように飛び出していく。

呆気にとられたように、その姿を見送っていた百合は、ゆっくりと椅子に座り直した。

そして、しばらく、じっと成瀬の顔を見ていたが、意を決したように、「成瀬くん」と呼んだ。

「はい」

「違うよ」

何が違うというのか、成瀬はじっと百合の目を見返す。百合もその視線をまっすぐに受け止めた。

「死んじゃうからじゃないよ。私、好きって言ったの」

「お前、死んじゃうとか言うなよ」

「あ、ごめん……」

「ま、そうなんだけど」

成瀬が低く笑うと、百合も少し笑った。

「顔、さわっていい？」

「いや……」

「顔、痛い？」

「顔は痛くない」

照れ臭いだけだ。

「じゃあ……」

百合が手を伸ばし、成瀬の顔にそっと触れる。形を確かめるように、手のひらを滑らせ、ざらざらとした髭の剃り跡にふふとおかしそうに笑った。

成瀬は不意にあの頃のことを思い出す。

あの頃、図書室のカウンター越しに、本を受け渡す手が、何度か触れた。静電気が走ったかのように、ぱっと離していたから一秒あったかどうかという短い接触。

何度か繰り返されたあの接触は、半分、事故で、半分、故意だ。百合はきっと微塵も気づいていなかったろうけれど。

百合が身をかがめ、背中からさらさらと髪が零れ落ちる。

百合はそのまま自然な動作で、そっと触れるだけのキスをした。

体温を感じる間もないような、淡雪のようなキス。

二人はそのままの距離で見つめあった。

「あの時、できなかったこと、今してみた。私、高校生じゃなくなっちゃった。もう若くなくなっちゃった。ごめんね」

「バカ」

成瀬は百合に腕を伸ばし、抱きしめる。中腰の無理な姿勢を強いているというのに、百合は変わらぬ屈託のない笑みを浮かべ、そっと抱擁を返してくれた。


ログハウスを出て、陸はしばらく、ぶらぶらと周辺を歩き回った。星を見たり、ぼうっとしたり、しばらくはこの贅沢な環境を楽しんでみようともしたが、すぐに手持ち無沙汰になった。

しぶしぶ、手にしていたスマートフォンをチェックする。

マナーモードに設定してあるスマートフォンは四六時中震えていたが、陸が出たのは、吉岡の電話と百合の電話だけだ。あとは画面に表示された名前をちらりと見て放置している。

かけてくるのはたった一人だけだ。用件も分かっている。

いつかきちんと話さなければと思いつつ、先延ばしにしているうちに、電話が怖くなってきた。電話が震える度に、胸の奥がずんと重くなる。いっそ電源を落としてしまおうかとも考えたが、医者としての習い性か、何かあったらと思うと、それもできない。電話を無視しつづけて、何かあったらもない、ということは分かっているのだが。

陸は怖いもの見たさもあって、着信履歴をチェックした。

履歴には、吉岡と百合をのぞくとずらりと小宮の名前が並んでいる。どれだけスクロールしても小宮の名前が続いている。

「うっわ。ストーカーか」

それだけ心配をかけているのだとも思ったが、実際画面を見ていると恐ろしいという気持ちが先に立つ。

見なかったことにしよう……。

着信履歴の画面を閉じた瞬間、スマートフォンがぶるりと震えた。

画面に表示されたのは、案の定、小宮の名前だった。

応答のボタンをタップするか、陸はたっぷり一分ほど悩んだ。スマートフォンは震え続けている。

陸は鋭い息を吐くと、意を決して、電話を取った。

「はい」

「生きてたか」

冗談めかしてはいたが、深い安堵がにじむその声に、陸は深くうつむく。

「……生きてますよ」

「退職願は破り捨てた。お前は戻ってくるんだ」

「はあ？　戻りませんよ」

お互い探るような沈黙のあと、小宮は静かに言った。

「俺はお前を信じてるよ」

「信じるってどういうことですか？　患者を無理やり生かし続けるってことですか？」

実際、成瀬を旅に連れ出し、やっていることと言えば、病院と変わらない。結局、痛いと訴える成瀬をなだめつつ、投薬できる時間を祈るように待つだけだ。そんな苦い思いがずっとくすぶり続けてきたからこそ、陸ははねつけるように硬い声で答えた。

「……カリウムは、治療のために持ってったんだよな？」

「……さあ、どうでしょう」

小宮の不安げな沈黙に、陸は苦笑する。全然、信じてなんかいないじゃないかと思う。まあ、当然かもしれない。陸はずっと何が何でも死なせないことだけが正しいのかと、小宮に疑問をぶつけ続けていたのだから。

「僕は、僕は末期がんの母の最後の三カ月が、彼女の人生に必要だったとは、どうしても思えないんです。医療が引き延ばした時間です。彼女はその時間で何をした？　苦しんだけです。医者は何もしてくれない‼」

冷静に伝えようとしたつもりが、気づけば言葉は上ずっていた。言葉が、思いが、堰を切ったように、溢れてくる。

「人間って、産むことには、めゃくちゃ貪欲じゃないですか？　不妊治療もすれば、卵子の冷凍保存もすれば、果ては精子バンク。これだけ『産む』ことにおいて、神も畏れぬ自由さ加減で、欲望のまま突っ走るのに、『死ぬ』ことは、放っておかれてる。見て見ぬふりだ」

「産む方が楽しいんでしょ」

「切って、いいですか？」

小宮の言葉は、本気ではないとすぐに分かったけれど、だからこそ本気で腹が立った。本当に電話を切ろうかと、耳から離した途端、小宮はかき抱くように言った。

「いいか。佐倉。医者は、人の命を救うんだよ。それが使命だ」

「違う。僕は、人の人生を救いたい」

もうほとんど叫んでいた。軽く息も切れている。

「命の意味は、その時々で変わります。そして、……人は必ず死にます。小宮先生だっていろんな患者さん、見て来たじゃないですか？　その人にとって、一番大切なものが命かどうか、それは、変わるんです」

気づけば、頬が濡れていた。陸は目元をコートの袖でぐいっと乱暴に拭う。

「それを僕は、患者さんに寄り添って見極めたい」

「だから、カリウムを持って出たか？　お前は神様か？　人を生かしたり殺したり、そんな権利がお前にあるか？」

「権利なんてだれにもないですよ。でも、神様はいないじゃないですか？　神様がいないから、僕がやるんだ」

「佐倉！　いいか？　目を覚ませ！　俺たちは日本の医者だ！　日本に生きてるんだ。安楽死は認められていない。それをやったらお前がどうなる⁉」

小宮も陸につられるようにしてほとんど叫んでいた。その声も微かに濡れている。

「佐倉。根をつめすぎるな。優しくなりすぎるな。俺は、お前を心配している」

小宮の声は優しかった。冷たく呆れられ、見捨てられても仕方がないようなことをしているのに、その言葉にはただ陸への気遣いがあった。

ぐらりと世界が揺れたような感覚があった。

張りつめていた気持ちが、不意に緩み、へたり込みそうになる。あの日、自身を支える全ての糸が切れてしまった自分に手を差し伸べてくれたのも、小宮だった。

「あのお」

背後から声をかけられ、はっとする。慌てて涙を拭って、振り返ると、少し慌てた様子の百合の姿があった。

「成瀬さんが」

「すぐ行きます」

陸は小宮に「すみません、切ります」とだけ告げ、電話を切ると、急いで成瀬のもとにむかった。

成瀬は目を閉じて、ベッドに横たわっていた。身じろぎひとつせず、顔立ちが整っていることもあって、まるで精緻な彫像か何かのようだ。

百合が慌てたのも頷ける。陸は一通り様子を確認し、にっこり笑いながら、「大丈夫ですよ」と百合に告げた。

「生きてます。眠くなる薬入ってたから」

「そっか。そうよね」

百合は肩の力をふうっと抜いた。

「明日も、来たりしますか?」

ここにいつまでいるかは特に決めていない。さっきの様子だと、しばらく滞在することになるかもな、と思いながら、軽い調子で聞くと、百合は横に首を振った。

「やめようって。今日で最後にしたいって」

「オッサンが？　あ、成瀬さんが？」

「綺麗なままにしときたいって。私に残る最後のあの人。ほら、あの人、イケメンでしょ？　昔から、高校の時からそうだったの。憧れの、人。だんだん、弱ってくとこ見せたくないって。死ぬ時、会いたいとか思ったら、最悪だしって」

百合はふふと笑った。

「死ぬ時なんて言ったら、意外と何年も生きちゃったりして、そしたら、私も、おばーちゃんになっちゃうしね」

「綺麗……ですけど」

お世辞でも何でもない。この人はきっとおばーちゃんになっても綺麗だろう。陸の言葉を、百合は「ありがと」と軽く受け止めた。

「いい人ね。私も屋上で夜のピクニックして花火なんて、夢みたいだった。青春みたいだった」

百合は屈託のない笑みを浮かべる。そして、最後にそっと成瀬の頬に触れると、その後はしっかりと前を向いたまま、静かに立ち去った。

14

次の日は朝から冷たい雨が降り続いていた。

窓の外の灰色の景色を眺めるだけでも、気が滅入るような天気だ。

陸は成瀬の体調をチェックし、ログハウスの管理人に延長を伝えた。

もう昼近くなるが、成瀬はベッドに入ったままだ。寝返り一つ打つのも、ひどくだるそうにしている。何もしていないのに、少し息も上がっている。

成瀬はしきりに痛みを訴え、陸は朝から点滴を入れた。体調の悪さは、花火デートの疲れが出たせいだと思いたいが、それだけではないと、医師としてのこれまでの経験が告げている。旅を始める前よりも、痛みは確実に強くなっている。以前に使っていた薬では痛みを抑え込めないことも増えた。

それでも、この時はなんとか薬が効いたのか、少しうとうとと眠ることができたようだ。しばらくして、ぼんやりと目を開けた成瀬は、呟くように言った。

「夢みたいだったな。すごいリアルな夢見た気分だよ。こうしてみると、空想する、と思い出す、ってのは、けっこう似てるかもな。今は現実にはもう、それはない。どっちにしても」

陸はその言葉をまたそっとノートに書き留めた。このペースだと、あっという間に一冊分の量になりそうだ。

「その空想を、リアルにしてくれてありがとよ」

陸は心底ほっとした。ずっと怖かったのだ。自分がやったことは、大事な何かを踏みにじるようなとんでもないことだったのではないか、と。あの時、成瀬は陸に殴りかかってきた。届くことはなかったけれど、あれは本気の拳だった。それだけ、陸に腹を立てていたのだ。

意識を取り戻してからも、殴りかかった成瀬は理由を一切口にしていない。しかし、百合は成瀬の前で陸に電話をかけたのだ。病気のことを百合に伝えてしまったと、成瀬にバレたことはすぐに分かった。そもそも、それは覚悟の上の計画だったはずだ。ちょっとぐらい怒られるだろうが、きっとそれ以上に喜んでくれる。そう思っていた。しかし、想像以上の成瀬の怒りを前に、陸は自分の考えが甘かったことを思い知った。

ログハウスに運び込んだ直後、意識を失った成瀬の顔を見つめながら、百合は伝えるタイミングを間違えたのだと悲しそうに呟いていた。百合の伝えた思いを、成瀬は同情と受け止めてしまったのだろう、と。

誇り高い人なのだ。施しを受けるぐらいなら、飢え死にを選ぶ武士みたいな人。

この人を喜ばせたかっただけなのに、幸せを感じてほしかっただけなのに、傷つけた。

ずっとどう謝ろうか、考えあぐねていた。

そんな自分を見かねたのだろう。成瀬は拳を下ろしてくれた。それどころか、「ありがとう」と礼まで言ってくれたのだ。成瀬の口元に浮かんでいる笑みに、嘘はない。腹は立てつつも、本当に感謝もしてくれているのだろう。

陸は全身の力が抜けるほどほっとした。百合とのやり取りが、成瀬の気持ちを変えてくれたのだろうと、心の中で百合に感謝する。同時に、二人の間に、誤解がなくなったのならばよかったと、大きな荷物を下ろしたような気持ちになった。

成瀬は穏やかに微笑んでいる。

結果的に感謝してもらって、ほっとしたけれど、同時にひどく怖くなった。

こんな風に、素直に感謝なんて言わないでほしい。勝手なことをしやがってと、ぶつぶつ文句を言い続けてくれたら、安心して軽口を叩けるのに……。

しかし、そんな愚にもつかないことをグダグダと考える余裕があったのも、夕方までのことだった。日が落ちる頃には、成瀬の苦しみようはこれまでにないほどになった。

絶えず呻き声をあげ、手が白くなるほどに掛け布団を握りしめている。

近づくたびに、その手は陸の服をきつく摑んだ。

「死なせて……死なせてくれ。もういいだろ」

虚ろな目で懇願する。

「最後にあんたとヘンテコな旅も出来たし、青春の思い出も出来た」

「……わかりました」

繰り返し懇願され、とうとう陸は成瀬に告げた。陸はそっと手を重ねて成瀬の手を外すと、大きなカバンの中から、箱を取り出した。魔法の薬1の箱だ。

陸はその箱を開いて、じっとカリウムのアンプルを見つめた。

俺のこと、殺してくんない？ という成瀬の言葉に、陸はいいですよ、と答えた。ラッキーセブンだから、と。約束したのだ。苦しみから解放すると。

陸は成瀬を振り返る。

成瀬は虚ろな目を陸に向け、じっと待っていた。死を、待っていた。頭の中は痛い、苦しいだけでいっぱいなのだろう。そこに、死ぬことに対する怯えや逡巡といったものは微塵もなかった。ただ、待ちわびていた。

陸は先ほど触れた成瀬の手を思い出す。その体温を。

陸は血がにじむほどに唇をかむと、ぱたんと箱のふたを閉めた。

成瀬はどうした？というように、陸を見ている。

「嫌だ」

陸はぺたんと床に座り込んで、まるで頑是(がんぜ)ない子供のように言った。

「オッサンが、いなくなるのは嫌だ」

「は？」

「僕は明日もオッサンと話したい。オッサンの笑顔が見たい。笑わなくたっていい。寝てたっていい。この世界にオッサンがいないのは、嫌だ」

目から涙が溢れる。成瀬は腹を立てていた。しかし、陸は拭うこともせず、涙に覆われた目で、成瀬の顔をじっと見た。成瀬は腹を立てた成瀬の目が、少し輝きを取り戻したように見えて、陸の目からまた涙が溢れる。

「何言ってんだお前。それ、お前のエゴだろ？　お前がいつも言う、管だらけにして、無駄に患者生かしとく家族とどう違うんだ？」

「エゴでいい。僕は、僕は、オッサンがいなくなるのが嫌だ。生きてて欲しい。旅をする間に、好きになってしまった」

「気持ち悪いな」

「情が移ってしまった」

陸は手の甲で涙をぐいっと拭った。やっぱり、成瀬の顔をちゃんと見たかった。嫌そうにしかめた顔も、それでも、一度懐に入れた人間を突き放せない彼らしい、戸惑いのにじんだ表情も。

「なんで、なんで死んでく者の気持ちばかりが、優先されるんだ。こっちにだって気持ちはある。残される方にも気持ちはある」

「はあ？　俺の病気だ。俺の人生だし。俺の命だ？」

「だけど……だけど、たとえば、オッサン、僕のために生きてもらえませんか？」

駄々っ子のようなことを言っている自覚はあった。成瀬にとって自分という存在が、そこまで大きいものじゃないこともわかっている。ただの専属の医者で、ただの旅の道連れだ。しかし、陸は皮肉屋を気取っていながら、結局のところ、誰よりもこの世界を、人間を信じたいと願っている、この人の人の好さに付け込んだ。

「せめて、明日まで」

成瀬のベッドまで這い寄って、泣きながら懇願する。成瀬はゆっくりと手を伸ばした。ぎこちなくベッドサイドのティッシュを取り、陸に渡してくれる。陸は涙を拭いた。

「わかったよ。ボーヤ先生がそんなに言うなら……。どうせ、行先決まってんだ。どうせ苦しんだんだ。一日くらい、頑張るよ」

成瀬は渋々というように言う。しかし、その口元がほんの少しほころんでいることに、陸は体の力が抜けるほどにほっとする。

「明日になったら、心の天気も変わります」

「かもな」

耳を澄ませば、さあさあと雨の音が聞こえる。

まだまだ雨は上がりそうもない。

しかし、やまない雨はない。

陸は涙を拭いたティッシュで、大きく洟(はな)をかんだ。


「もしかして」

成瀬は天井を見上げながら、ぽつりと言った。

隣のベッドでは陸が横になっている。陸と並んで横になるたびに、修学旅行の夜を思い出す。特に、こうして、暗闇の中で、普段は口にしないようなことをぼそぼそと話し出すときには。

「もしかして、人間ってのは自分のために生きるんじゃなく、人のために生きるのかなあ。自分のためだけじゃ、味気ないっていうかな」

嫌だと言われたとき、正直腹が立った。約束が違う。この痛みにただ耐えろというのかと喚きたい気分にもなった。だが、生きてて欲しいと言われたとき、うれしいと思ってしまったのだ。好きになってしまったと言われて、気持ち悪いなんて、嘘だった。あの時にあったのは、ただの喜びだった。

だから、思ってしまったのだ。一日くらいなら、と。

「それでな、人に乞われて生きるのも、悪くないかもな。あんたが笑うんだったら、明日の太陽見てみようかなって」

照れ臭くなって、誤魔化すように笑うと、成瀬は隣のベッドを見た。陸は目を閉じて、寝息を立てていた。

「なんだよ。寝てんのかよ」

がっかりしたような、ほっとしたような気分で、成瀬はまた天井を見る。

隣のベッドでは、陸が寝返りを打ち、成瀬に背を向けた。一瞬ぱっと目を開けて、またぎゅっとつぶり、寝息に聞こえるような規則的な息を繰り返す。

しかし、成瀬はまるで気づかず、ゆっくりと天井に向かって手を伸ばした。

「残される人。そんな、人がいたら……」

脳裏に浮かぶ面影にそっと触れるように伸ばされた手は、ほどなくして成瀬が眠りに誘われると、糸が切れたように、ぱたんとベッドに落ちた。

成瀬はその夜、夢を見た。

最近、繰り返しよく見る夢だ。

成瀬は娘と元妻と一緒に、海にいる。海岸に赤い鳥居がぽつんと立っているのがひどく印象的だ。

娘がわあわあと泣いている。

サギのぬいぐるみ。

　成瀬は海を必死に見渡している。娘がぬいぐるみを海に流してしまったのだ。赤いウサギのぬいぐるみ。

　波間に、赤く長い耳を見つけた瞬間、躊躇いなく、じゃぶじゃぶと海に入っていった。ウサギをしっかりとつかみ、その手を笑顔で高らかに上げる。娘はぱっと笑顔になった。一瞬にして世界を輝かせるような笑顔だった。彼女を笑顔にしたのが自分であることが、ひどく誇らしかった。あれは確かに、人生の中で最も幸福な瞬間だった。

　朝、目を覚ましても、成瀬は夢のことをはっきりと覚えていた。胸の奥の幸福の余韻を感じたまま、成瀬は陸に「海が見たい」と告げた。

15

　夜が明けると、雨は上がっていた。

　窓から見える空は青く、昨日の雨など、何かの間違いだったと思えるほどだ。

　陸はキャンピングカーに荷物を積み込む。二人ともそう荷物は多くないので、出発の準備はあっという間に整った。

「海が見たい」と言われた時、陸は単純に一番近い海に車を走らせればいいものと思っていた。日本海と太平洋どちらが近いだろうとぼんやりと考えていると、鳥居がある海がいいという。厳島神社くらいしか浮かばなかったが、ネットで調べてみると、思った以上に全国に存在していた。

どこが一番行きやすいかと検討していると、二つ岩という岩がある海、と後出しで、さらなる条件を加えてくる。どうやら、最初から行きたい海ははっきりと存在していたらしい。

調べてみると、いわき市の勿来(なこそ)海岸に朱色の鳥居と二つ岩があるということがわかった。

同じ福島県とはいえ、会津からいわきまでは、かなりの距離がある。二時間ほどのドライブになるだろうか。これくらいならば、休み休み向かえば問題ないだろう。

勿来海岸に向かうと告げると、成瀬は正解だというように満足げに微笑んだ。

最初から、勿来海岸に行きたいと言えばいいのに。つくづく面倒な人だな、と今日はわりと調子のよさそうな成瀬の顔を見て、陸は笑う。鳥居のある海を見るのが楽しみになってきた。

陸は必要以上に休憩をとりながら、ゆっくりと車を走らせ、勿来へと向かった。

勿来海岸は美しい海だった。

二人が到着した時にはちょうど夕焼けのオレンジが海に溶けだした頃だった。

成瀬がこだわった赤い鳥居が、美しく夕焼けに映えている。海に向かってぽつりと立っている鳥居は、異世界への入り口かのような雰囲気さえあった。

「海に鳥居」

波打ち際をゆっくりと歩きながら、陸が呟く。成瀬は何か見えないものを見るように、目を細めて、じっと海を見ていた。

鳥居の後ろには大きな岩が見える。これが二つ岩だろう。ネットの観光情報には、この岩が人工の岩だと書かれていた。波に削られ、浸食が進み、崩壊の危険があるとして、取り壊され、モルタルでかつての姿に復元されたのだという。

夕日に照らされたモルタルの岩は、そうと知らなければ、人工のものだと気づかなかっただろう。

陸はかつての海岸の姿をとどめたいと願った人たちのことを、ぼんやりと考える。

「俺は、都に憧れた」

海を見つめたまま、成瀬が唐突に口を開いた。

「え？」

「小説で売れて、東京に仕事場借りて、家族を見捨てて、見限られた」

成瀬は自分の人生を簡潔にまとめると、ぽつりと言った。

「娘がいた。妻は死んだがな。もう、何年も会ってない。何十年も会ってない」

過去形なのか、と思った。娘がいる。そう口にできない、成瀬の気持ちを陸は思う。

入院時の調査票に、家族構成を記入する欄がある。成瀬はその欄を白紙で提出した。別居している家族も含めて書いてくださいと言われても、頑として書こうとはしなかった。

「どこにいるんですか?」

「さあ」

成瀬は首を傾げながら、コートのポケットから一枚のハガキを取り出した。

「これ、最後のハガキだ。印刷年賀状だが、ここにいるかどうか……」

ざっと風が吹き、成瀬が反射的に目を閉じる。次の瞬間、ハガキは風に攫われていた。

「あ……」

ハガキは風にあおられ、波の上を転がるように飛んでいく。

陸は一瞬の躊躇もなく、海に向かって駆け出した。波を蹴飛ばすように進み、ハガキに手を伸ばす。思いがけない大きな波に、大きく体勢を崩される。しかし、陸はハガキをしっかりとつかんで離さなかった。波に濡れないよう、高く掲げる。

「オッサン。行きましょうよ。ここ、行きましょう。これ、この旅に持って来るってことは、最終目的地はここなんでしょ？」

陸はハガキに書かれた住所を笑顔で読み上げた。

ここからさほど遠くない。車で一時間もすればつくだろう。

「やめろ！」

成瀬は顔を赤くして怒鳴っている。

陸は笑いながら、駆け戻ると、ハガキを成瀬に手渡した。

娘からのものとは思えないような、事務的な年賀状。テンプレートのデザインが印刷されているだけで、手書きのメッセージは一言も添えられていない。

しかし、成瀬は住所の文字がにじんでいないことを確かめ、ほっと安堵の息をつくと、大切そうに、ポケットにしまった。

その様子に、陸はぎゅっと胸を締め付けられた。

今、入院するとしたら、自分も同じように空欄で提出するのだろうなとぼんやりと思う。陸の親はもうどちらも鬼籍に入っている。

いつかこんな風に、自分も息子からハガキをもらうことがあるのだろうか。毎年、テンプレートが変わるだけの、義務的なハガキを。いや、それさえももらえないのかもしれない。もうしばらく息子の声を聞いていない。あれから、すぐに養育費も払ったから、元妻からの電話すらかかってこない。

もちろん、息子も元妻も陸が旅に出ていることなど知らない。仕事を辞めたことも知らないだろう。知れば、元妻は嫌みの一つも言うかもしれない。他人にはこんなに一生懸命になれるのね、と。いや、養育費の心配が先だろうか。

陸はポケットからスマートフォンを取り出す。考えなしに海に入ってしまったが、幸いスマートフォンは無事だった。少しの間画面を見つめ、すぐまたポケットに戻す。海を渡ってきた風に、陸はぶるりと震えた。そういえば、胸のあたりまで、海水でぐっしょりと濡れている。靴の中にも水が溜まっているのだろう。歩くたびに音が鳴った。冬の海に飛び込むのは、無謀だった。早く着替えないと、風邪をひいてしまいそうだ。陸は震えながら、成瀬を追い立てるようにキャンピングカーに向かった。

理事長がわざわざ外科部長室に足を運んだ時から、嫌な予感はしていた。

理事長の作られた愛想のいい笑顔を、小宮はひきつった顔で見つめる。

二人の間のテーブルには、まるで見合いの釣書のように、履歴書が並べられていた。どれでもいいから、この中から好きな人材を選べという。陸の後任を決めろというのだ。

「あいつは戻って来ます！」

ソファから立ち上がり、小宮は断言した。肩をいからせ、雛を守る親鳥のような小宮を、理事長は冷たい視線で見上げる。

「なんで……いい物件じゃないか。東大、慶応、女子医大、エリートだ。患者は、こういうプロフィールに弱い」

「もうちょっと、待ってください」

「知り合い切って、オペでヘタこいて、メスも握れなくなって、温情で内科に移らせて。あげくに雲隠れ」

理事長はどんと拳でテーブルを叩いた。その顔にはもう笑顔の欠片もない。

「なんでそんなにあいつをかばう?」

「あいつは、佐倉は戻って来ると思うんです」

陸は相変わらず電話に出ない。たった一度つながったあの時だけだ。しかし、小宮は陸が戻ってくることを確信していた。陸は医者だ。ただの医者じゃない。患者を思う、いい医者だ。そんな医者が患者をいつまでも放っていられるはずがない。

「彼には、医者の良心がある。そう信じてるんです」

「は?」

理事長はあきれたように、薄ら笑いを浮かべた。ビジネスの話をしにきたのに、道徳の話をされた、と言わんばかりだった。

小宮だって陸の言動について、ナイーブすぎると感じることはある。もっと仕事として割り切らないとつらいのは、お前だぞ、と直接言ったことだって何度もある。

しかし、そんな良心を抱き続けている陸がどんな医者になっていくのか、そのまま見届けたいという気持ちも強くあるのだ。

理事長は履歴書をテーブルの上に残し、はっきりと期限を区切っていった。人手が足りないのは小宮もわかっている。いつまでも陸の戻ってくる場所を守ってやるつもりでいたが、そうも言っていられなくなりそうだ。

小宮はスマートフォンを取り出し、陸の番号をタップする。電話はやはりつながらなかった。

勿来で一泊した後、二人はハガキの住所を目指した。

一時間程とはいえ、成瀬の体がしんどいようであれば、キャンピングカーのベッドで横になってもらおうと思っていたが、成瀬は自分からそそくさと助手席に乗ってきた。気だるそうに、車体に寄りかかるようにして座っている。少しやせたな、と横顔を見ながら、陸は思う。

「大丈夫ですか？」

今日、天気ですね、くらいの感じで陸がさらりと尋ねる。成瀬はその問いには答えず、流れゆく窓の外の景色をぼんやりと見ながら、ぽつりと言った。

「俺……軽くなったなあ。きっと」

「体重っすか？」

「や、命の重さが……減ってくんだよ」

陸はうまく返せなかった。ハンドルをぎゅっと握る。

成瀬は窓を開けていいかと尋ねた。陸が頷くと、躊躇いなく窓を全開にする。冷たい風がどっと流れ込み、また、吹き抜けていく。

成瀬はその風を心地よさそうに浴びていた。一度海に入った体に、その風は冷たかったが、その顔を見るともう窓を閉めてくれとは言えなかった。

そして、成瀬は風に吹かれながら道中、ぽつりぽつりと改めて作家時代のことを語りだした。

最初は憧れだった。憧れていた小説を自分で書いてみたい。それだけの気持ちで、書き上げた。

書き上げたら、読んでほしくなった。

それで、新人賞に応募したのだ。

自信はもちろんあった。しかし、第一作が、あっさりと芥川賞を取った時にはさすがの成瀬も驚いた。デビュー作はよく売れた。そのあとに出した小説も売れに売れ、成瀬は売れっ子作家になった。そして、成瀬は分かりやすく調子に乗った。

先生と呼ばれるようになり、編集者に誘われ、東京に遊びに行くようになる。

そこで、恋に、落ちた。

次から次へと。

それは、ハタから見ると、次から次へと恋に落ちた、というよりは、女遊びが始まった、という感じだった。

編集者は本を売るために、成瀬の容姿を利用した。年齢とともに渋みも加わった成瀬の顔に、多くの女性ファンがついた。さらに、作品が次々と映画化もされると、人気は更に加速した。成瀬は人生最大のモテ期を迎えたのだ。

成瀬は東京に仕事場としてマンションを借り、そこから帰らなくなった。成瀬の恋のいくつかは、どっぷりと深みにはまり、紛うことなき不倫関係となった。

そんな生活が続くわけもない。すぐに妻にバレて、家族とは、それっきりになった。女性は次々と替わったが、次々と立ち去り、今は成瀬ひとりだ。

あれほどちやほやしてくれた編集者からの連絡もなく、あれほどあった金もない。

それが、成瀬の後半の人生だった。

「頂上から転がり落ちた。家族を顧みなかった、バチが当たった」

成瀬はその後も自分の人生について語り続けた。何かを誤魔化すように、とりとめもなく話し続ける。

しかし、目的の場所が近づくにつれ、次第に口数は少なくなり、ついには黙り込んでしまった。

住所の場所は、元妻の実家の近くだった。

離婚した後、彼女は実家の親を頼ったのだろう。結婚していた頃、成瀬も何度か来た

はずだが、目に入る景色に覚えはなかった。

小回りが利かないキャンピングカーから降りて、住所を頼りに、歩いていく。一度海
におちたハガキは、ごわごわと固くなっている。そのハガキを手に、陸は時折、スマー
トフォンの地図を確認しながら、あまり迷うこともなく歩いていった。

成瀬はその背中を、のろのろと追いかける。角を曲がったところで、陸が立ち止まっ
た。成瀬も足を止める。いや足を止めたことにさえ気づかなかった。成瀬は一点を見つ
めたまま、呆然としていた。

「あれ、この辺でいいんだけどな。一本、道間違ったかな」

陸が辺りを見回しながら、ぶつぶつとつぶやいている。成瀬はもう瞬きも忘れている。

「オッサン、多分、一本、道間違ってる」

「いた」

「え？」

「あれだ……。ちひろだ……」

成瀬の視線の先に、古民家があった。きちんと愛情を注がれ、手入れされてきたことがわかる、趣味のいい家だった。

その家の庭で、洗濯物を干している女性がいた。凛とした美しい女性だった。

一目見て、娘のちひろだと分かった。確信はない。最後に見たのが七つなのだ。ウサギのぬいぐるみを抱いていた少女の面影があるような気もするが、まったくないような気もする。見れば見るほど、わからなくなる。でも、一目見た時、ちひろだと、そう思ったのは確かだった。

「多分、あれだ。七つで別れたきりだから、確信はないけど。なんとなく面影が……」

彼女は成瀬の視線に気づかず、洗濯物を干し続けている。彼女が洗濯ばさみで留めたのが、小さなよだれかけだと気づいて、成瀬は思わず涙ぐんだ。陸に気付かれないよう、慌てて瞬きで散らす。

「行こう。よかった。充分だ。幸せそうだ」

最後に彼女の横顔を目に焼き付けて、踵(きびす)を返そうとする。その瞬間、陸が彼女の方に向かって駆け出した。

「ちひろさん！　ちひろさーん！」

大声で呼びかける。愕然としながらも、成瀬は陸をなんとか止めようとする。しかし、声はもう届いてしまった。彼女がぱっと振り向く。

呼びかけた陸を見て、それから、成瀬を見る。そのまま、視線は凍り付いたように動かなかった。成瀬もじっと正面から彼女の顔を見つめる。ああ、ちひろだ、と改めて思った。

ぎこちない親子の間で、陸はにこにことしていた。

その顔を見て、成瀬は確信犯だなと思う。最初から、二人を会わせるつもりでいたのだ。ツーアウトだぞと成瀬はこっそりと陸を睨みつける。勝手なことをするのは、百合のことに続いて二回目だ。

ちひろは二人を近所の喫茶店に連れていった。

「ウチ、散らかってて」

目をそらしながら、ちひろは言い訳する。家にあげたくないのだな、とすぐに気づき、成瀬は胸の痛みを覚える。傷つく資格はないと分かってはいるが、胸は勝手に痛むのだ。

「じゃ、僕は、散歩でも」

喫茶店に入ったところで、陸はあっさりと言った。成瀬は思わず、縋るように陸を見る。

「外で待たなくても、お席ありますし」

少し離れた席を示して、ちひろが言う。

「すぐ終わるし」

すぐ終わるのか、と成瀬は思う。また胸は勝手にずきずきと痛む。

「そんなこと言わずに」

陸はやり手のセールスマンのような笑顔で言うと、二人を残して、出て行ってしまった。

ちひろはさっさと一番近い座席に座った。成瀬は少し迷って、正面に座る。

ずっと言葉を仕事にしてきたというのに、言葉のストックが切れていた。成瀬は落ち着きなく、お手拭きを弄り、お冷やをがぶがぶと飲む。

ちひろはメニューも開かず、アメリカンを注文した。成瀬は同じものをと注文する。

コーヒーも飲めるようになったのかと勝手に感慨深くなった。成瀬の記憶の中のちひろは、ほとんどミルクのコーヒー牛乳に、苦い苦いと顔をしかめていた。

成瀬はこっそりと両手で顔をくしゅくしゅと揉む。少しでも血色がよく見えればいいのだがと思いながら、ちひろの様子をちらりと見る。彼女はコーヒーを飲みながら、成瀬を見ていた。懐かしむような表情はなく、年季を感じさせる無関心と、わずかな警戒の色があった。

「歳取ったな？　俺」

ちひろは少し首を傾げる。

「よく覚えてないから、昔」

「そっか……」

成瀬はコーヒーをする。ちひろもつられたように、コーヒーを一口飲んだ。

「大きくなったな」

「大きくっていうか……もう、三十過ぎた」

三十過ぎの娘に言う言葉ではなかったなと成瀬は項垂れる。成瀬の中のちひろは少女のままで、立派な大人となったちひろにかける言葉がうまく出てこない。

「……お母さんのお葬式、来なかったね。もうすぐ七回忌だよ」

「すまん。どの面下げて行っていいかわからなくてな。それに、死んでから……教えられてもな」

とげとげしいちひろの態度が少し和らぐ。成瀬の言い訳にそれもそうかと納得してくれたようだが、そもそも期待していなかったというのが透けて見えた。どれだけ自分はこの子の期待を裏切り、落胆させてきたのだろうと思う。

「まあ、母さんには、上で、謝るよ」

成瀬は人差し指で天国を指して言う。ちひろは「え?」と戸惑いながら、成瀬を見る。

「いや、まあ、そりゃ俺だってそのうち死ぬだろ」

笑って誤魔化すと、ちひろは関心を失ったように、コーヒーに目を落とした。

「……年賀状、返事書かなくて」

「うん、どうせ印刷年賀状だし。ついでだし」

「結婚、うまく行ってんのか？」

ちひろがじろっとねめつける。成瀬は慌てて手を振った。

「あ、立ち入ったこと聞いたな」

「お母さん死んで、淋しくなって、結婚しちゃった」

「そうか……」

「でも、幸せよ」

ちひろは挑むように成瀬に言った。結婚した理由がなんであれ、今、淋しくないのならばそれでいい。ちひろが幸せならなんだっていい。成瀬は微笑んで、「そうか」と言った。そんな素っ気ないことしか言えない自分に、心底うんざりする。娘相手にかっこつけてどうすると思うのだが、どうしようもない。

会話のラリーはなかなか続かなかった。質問も一往復で終わってしまう。

そっけない娘とそっけない父親の会話。

成瀬は自分の体のことを、最後まで口にしなかった。

喫茶店を出るところで、全額払うと言い張った成瀬は、半分出すと言い張るちひろと少し揉めた。

成瀬が強引に会計を済ませ、ちひろは不満顔で礼を言う。

陸とは車を止めた駐車場で待ち合わせることにしている。

途中までは、ちひろと同じ道だ。なんとなく肩を並べて無言で歩く。そのなんでもない時間を、成瀬は心に刻んだ。

「あの……お母さん、彼氏いたよ」

少し歩いたところで、ちひろが唐突に口を開いた。

「お父さん出てってから、人材派遣で働きながら、そのうち会社を立ち上げたの。小さい会社だったけど」

「へえ、あいつが。すごいな。知らない間に人生逆転されてたな」

起業したのか、成瀬は本気で感心する。感心した後で、彼氏か、と思う。吃驚していた。想像すらしていなかった。

成瀬は思わず笑いだした。笑っているうちに、余計におかしくなって、声を立てて笑う。ちひろも「何？」と言いながら、一緒になって少し笑った。

「いや、俺はおめでたいなと思って。ずっとかーさん、とーさんのこと思ってるのかと思ってたよ」

「……だから、亡くなる前に知らせられなかったの。その恋人に、気を遣ってたんだよ、お母さん」

「そうか……。そんなに愛してんだな」

成瀬はしみじみと言った。驚いたけれど、悪い気分ではなかった。あいつも幸せだったんだなと素直に思えた。

「悪かったな。忙しいとこ。これから夕飯だろ?」

話を切り上げるように言うと、ちひろは「うん」と素直に頷いた。

さっきまで強張っていたちひろの顔は、少し綻んでいる。その顔を見られただけでも、来たかいがあった。

結局、子供のことは話してくれなかったな、と成瀬は自分の病気の話を棚に上げて思う。仕方がない、ちひろにとって自分は血がつながっているだけの、他人だ。

「じゃあな。いや、なんてことない。こっちの方の小説でも書くかと思ってな、ちょっと、そのあれだ、覗いただけだ」

「そう」

分かれ道についた。二人で歩くのもここまでだ。

「じゃっ」

断ち切るように告げる。変な余韻など残らないように、無理して歩き出そうとした成瀬のシャツの裾をちひろがくんと軽く引いた。

成瀬は不意に泣きそうになる。すっかり忘れていた。

何度そうやって、ちひろに裾を引かれたことだろう。

「お父さん」

ちひろは自分でもそう口にしていると気づいていないぐらい自然にそう呼んだ。

「元気でね」

「……ああ。ちひろもな」

成瀬はちひろに向かって、笑顔で大きく手を振る。

これが最後だ。ちひろの記憶に残る最後の笑顔。笑え。笑え。波間に漂う赤いウサギを助け出した時の、あの笑顔を思い出して、笑え。

成瀬はちひろの背中が見えなくなるまで、笑顔で手を振り続けた。

16

昼に晴れ渡っていたことが嘘のように、気づけば空は重い灰色の雲に覆われていた。

陸は近くのログハウスを探し、予約を入れた。昨日は二人してビジネスホテルに泊まったのだが、成瀬がくつろげずにいることを、陸は敏感に感じ取っていた。無機質な天井が病院を思い出させたのだろうと、後になって思い至った。成瀬は何も言わなかったけれど、次はログハウスを予約しようと、早くから決めていたのだ。

予約したのは、暖炉のあるログハウスだ。会津のログハウスで、結局、暖炉を使えなかったことも、心残りになっていた。旅がもうすぐ終わるという予感があった。やりたいことはやっておきたい。

ログハウスについてすぐに、雨がしとしとと降り始めた。陸は雨音を耳に響かせながら、用意された薪を、暖炉に置き、焚きつけ用の細い木を組み上げた。

火はなかなか着かなかったが、しばらくすると一気に燃え上がった。

陸と成瀬は暖炉を囲むようにして、クッションに寄りかかり、黙ってじっと火を見つめた。火はあたたかかった。表面をなでるような暖房のあたたかさとは違う、体の内側まで潜り込んでくるようなあたたかさだ。

陸はコーヒーでもいれようと立ち上がる。丁寧にコーヒーを落とし、カップに注いで、暖炉の前に戻ると、成瀬が床に転がっていた。その顔は苦悶に歪んでいる。

陸は慌てて、助け起こし、ベッドへと運んだ。

すぐに点滴を用意する。カスタマイズされた、成瀬のための点滴だ。しかし、しばらく様子を見ても、成瀬の体は痛みに強張ったままだ。

陸は祈るように、いつもの魔法のような効き目の訪れを待ち続ける。

雨は降り続いている。ずっと薄暗くて気づかずにいたが、もう日は暮れている。コーヒーはすっかり冷たくなり、暖炉の火も熾火（おきび）になった。しかし、成瀬の体は痛みにおびえるように、強張ったままだった。

「もう、効かなくなって来たな」

成瀬は淡々とした口調で言った。

「シロウトの俺だってわかるぞ。その時が来たんじゃないのか？　俺はな、ボーヤ先生。この病気で七年苦しんだ。抗がん剤やって、塞栓（そくせん）術の手術も何回もやった。健康な医者に、患者の痛みがわかるか」

鈍い痛み、刺すような痛み、押さえつけられるような痛み、眠ることも、食べることも、考えることもできないほどの痛み。これまで様々な患者が様々な言葉でその痛みを表現してきた。しかし、それらの言葉が、本当にその人たちが感じている痛みには届いていないことぐらいはわかる。その人の痛みは、その人のものだ。

わかるなんて、言えなかった。言えるはずがない。

「俺はもうたくさんだ。もう充分だ。最後に娘にも会えた」

「……わかりました」

陸は静かに告げた。

この世界にオッサンがいなくなるのは嫌だと、一度は自分の我がままで最後の時を延ばしてもらった。その気持ちは今も変わらない。

しかし、本人がもう充分だと言っているのだ。これ以上苦しみに耐えてくれというのは、陸のエゴだろう。成瀬はもう充分に頑張った。願いなんてないと言いながら、絞り出してくれた。楽しんでくれた。生きようとしてくれた。

成瀬はこの旅の中で、何度か感謝の言葉を口にしたけれど、本当は感謝するのは陸の方だ。こんなに生きていると感じたのは久しぶりのことだった。うっかり、あともう一日、あともう一日と願ってしまうほどに。

でも、もう終わりにしなければいけない。旅は、いつか終わるものだ。

妙に意識が冴え冴えとしていた。

陸は点滴台のボトルを新しいものに換える。

「最初に、プロポフォールを新しいものに使います。そうすると、ボーッとして気持ちいいまま……」

「おお。サンキューな」

陸は成瀬の顔を見る。その顔には静かな信頼があった。人生の終わりをそっくり委ねようとしてくれていた。

ゆっくりと新しい薬が落ちていく。これで、半分眠った状態で旅立つことができる。

もうこれ以上成瀬に苦しみを味わってほしくなかった。

陸は箱からそっとカリウムのアンプルを取り出し、ベッドサイドのテーブルにことりと置いた。アンプルを見ていた成瀬は、箱に視線をずらし、はっとしたような顔をした。陸は慌てて、箱をカバンにしまおうと手を伸ばす。しかし、その決断は少し遅かった。伸ばした手の先で、成瀬の大きな手が、箱を鷲掴みする。先ほどまでの様子からは想像できないほどの、鋭い動きだった。

成瀬はぐっと箱を引き寄せると、中身を確かめるように覗き込んだ。

「なんでだ?」

成瀬が低い声で、陸に問う。

「なんで、二本ある?」

陸は答えなかった。

「死ぬ気か?」

成瀬の強い目が、突き刺さる。視線を逸らすことを許さない目だった。

「俺が死んだあとに、死ぬ気なのか?」

陸はあやふやな作り笑いをする。成瀬は視線を陸に据えたまま、自分の腕の点滴の針を怒りに任せ、強引に引き抜いた。

「なんでだ」

「確かに患者さんの体の痛みはわからないかもしれない。だけど、僕の心もいつだって痛かった。胸が痛むんですよ。あれから」

心の痛みに、鎮痛剤はない。酒も痛みを忘れさせてはくれなかった。心を殺して、自分を殺して、ただじっと痛みに耐え続けてきた。それこそ、もう充分だ。

「……オペの失敗か？」

「オペは失敗してない！」

「知ってるよ。看護師たちが噂してた。高校の恩師のオペの時に手が震えたんだってな」

知っていたのか、と思った。成瀬には、知られたくなかった。

噂の通りだ。あの日、陸は高校の恩師のオペを担当した。陸の評判を聞きつけた恩師から、どうしてもと頼まれたのだ。小宮から知り合いを切るなんてやめておけと、何度も言われた。病院の規則で身内のオペは禁止されている。平常心を保てない危険性があるからだ。知り合いも執刀するべきではない、という理屈はわかる。

それでも、陸は手術を決行した。自分なら問題なくやれると思った。驕っていたのだ。

そして、結果、メスを取り落とすほどに、手がぶるぶると震え、呆然とただ立ち尽くし、恩師の命を危険にさらした。

手術に立ち会っていた小宮が、代わりにメスを握り、手術を完遂できなければ、大変なことになっていただろう。

茫然自失の状態からなんとか立ち直った時には、恩師に合わせる顔も、天才という評判も強烈な自負も、外科での立場も、そして、医師としての未来さえも失っていた。

「あれから、メスが持てなくなった……」

あの一件以来、陸はメスを握れなくなった。メスを手にすると、手が情けないほどにぶるぶると震えるのだ。

その後、小宮に転向するかと提案され、逃げるように内科に移った。内科医としての新たなキャリアが始まった。しかし、あの日、医師としての自分は死んだのだと陸はどこかで思ってしまう。

陸は日々のほとんどを機械的に過ごした。そんな彼にとどめを刺したのは、妻だった。決められたことをただその通りになぞるだけの日々だった。

「そして、妻が出て行った。彼女は、僕じゃなくて天才外科医と言われる僕が好きだったんですよ。しょぼくれて、心療内科に通うようになった僕には興味がない」

あっさりしたものだった。気づけば、陸はひとりガランとした部屋に残されていた。

「オトコ、いましたよ」

驚きはなかった。薄々と察しはついていた。しかし、息子が少しも迷うことなく、元妻を選び、付いていったことにはショックを受けた。冷静に考えてみれば、息子が自分を選ぶ理由が自分でも思いつかない。そして、陸はすべてを失った。

医師としても、人としても、ほとんど死んでいるようなものなのに、胸の痛みだけは消えなかった。生きている意味もないのに、この痛みに耐える意味はなんだろう。そんな風に疑問に思うのは、おかしなことだろうか。

多分、陸は待っていたのだ。きっかけを。こんな日々に終止符を打つきっかけ。成瀬の頼みは渡りに船だった。成瀬の願いをかなえたい気持ちも、助けたい気持ちも本当だ。でも、成瀬を利用したといわれたら、そうかもしれないと思う。

自分だってもうたくさんだ。もう充分だ。陸はしゃがみこみ、両手で顔を覆った。

「……それは、お前の今までだ」

成瀬の手が、肩をつかむ。さっきまで、痛みに苦しんでいた人だとは思えない力強さだった。

「ボーヤ先生には、これからがある」

成瀬はおずおずと手を外し、成瀬を見た。成瀬は「これからがある」とゆっくりと繰り返す。肩をつかむ手は痛いほどだ。

「これからがある」に似た言葉はもう耳をふさぎたくなるほど何度も聞いた。小宮からも何度も聞いた記憶がある。

でも、今初めて聞いたような気がした。

「生きろ。生きろよ。お前が捨てようとしてる明日は、誰かが喉から手がでるほど欲しい明日だ」

「なんで、生きなくちゃいけないんですか？　教えてくださいよ」

気づけば、この間と、立場がぐるんと逆転している。でも、尋ねずにはいられなかった。この人の答えが聞きたかった。

「生まれて来たからだよ。生まれて来たからには、生きるんだ。俺は、あんたと、過去を旅して心が動いた。今を生きた」

成瀬はひどくもどかしそうな顔で、言葉を切った。あれだけ言葉を自在に操ってきた人が、言葉を投げ捨てるように、掛け布団を乱暴に払う。そして、ゆっくりと体を起こすと、ベッドサイドのテーブルにつかまって立ち上がった。

点滴をすぐに抜いてしまったから、鎮静剤はほとんど体に入っていないはずだ。成瀬は少しよろよろとしながらも、しっかり歩き出した。

そして、荷物に近づき、ぎこちない手つきでまとめ始める。

「オッサン……？」

「ちひろに会った時のドーピング、また頼むよ。東京帰るぞ」

「え……」

また、娘に会いたいと思っているのだと、うれしかった。見栄っ張りなこの人が、安心して娘と会えるよう、また特別にカスタマイズした薬で手助けしたいと思った。その瞬間に立ち会いたい。その瞬間の顔が見たかった。

もう未練なんて何もない、空っぽだと思っていた心に、気づけば欲が生まれていた。

「俺は、ボーヤ先生の患者として、病院で死ぬんだ。それまで生きて、そして死ぬ」

「オッサン」

「あんたはいい医者になるんだ。戻んないと」

成瀬はにやりと笑った。

少し前までの、もう充分だと終わりを待ち望んでいた成瀬とは目の光が違った。

成瀬は生きると決めたのだ。陸をもう一度、医者にするために、生きると。

陸は成瀬に近づいて、一緒になって、荷物を詰めた。まだほとんどほどいていなかった荷物は、あっという間にいつでも出発できる状態になった。

だが、今日はもう遅い。

陸は暖炉の火を再び熾し、コーヒーをいれ直すと、成瀬と並んで、窓の外を眺めた。

残念ながら、雨はまだ降り続き、月も星も見えない。

部屋の明かりでうっすらと浮かび上がる木は、桜だろうか。

雨の音を聞きながら、ぼんやりと見つめる。

「願はくは花の下にて春死なむ。その如月の望月のころ」

少し焦がれるような目で、木のシルエットを見つめながら成瀬はぽつりと言った。

「西行(さいぎょう)ですか」

春の桜の下で死にたい、お釈迦(しゃか)様が亡くなった日と同じ満月の頃に。そんな思いを詠んだ和歌だ。

陸はこの和歌が好きだった。この和歌は西行が六十代の頃に詠んだものだという。六十代でも当時としては十分な長寿だが、西行はそれからさらに十年ほど生きて、願いの通り、釈迦が亡くなった日の翌日にその生涯を終えた。

西行が死に瀕して、苦しんだのかはわからない。しかし、あんな昔に、自分の望むようにその生涯を終えた人物がいたということが、なんだかひどく陸の胸を打ったのだった。

如月の望月の頃といえば、今の暦で、三月の後半にあたる。今から、約四カ月後。成瀬が告げられた余命よりも一カ月ほど先になる。

「叶えるの難しそうだけど」

思わず自信のない声がこぼれる。成瀬はそんな陸を気遣うように「いいよ」と軽く言った。

その瞬間、この人にもう一度、桜を見せてあげたいと打たれるように思った。この人にもう何かを諦めてほしくない。

確かに難しい。でも、不可能じゃない。この人と一緒に満開の桜が見たい。旅に出てから、成瀬と行動を共にするようになってから、自分はどんどん欲張りになっていく。

「先生、俺のこと頼んだぞ。ま、気楽に。誰も残される者もいないしな」

「いますよ、僕が」

陸は思わず勢い込んで言った。

覚えておこうと陸は思う。成瀬の人生を、その言葉を。残されるものとして、見届けようと。

それが陸にとって一つの生きる意味になる。そんな気がした。

17

三年後――。

カンファレンスルームの窓からは、見事な桜の木が見えた。淡いピンクの花は満開で、今にも零れ落ちそうだ。

桜を見て、陸はふと成瀬のことを思った。この病院には、成瀬の影が至る所に存在する。だから、気づけば、ついつい成瀬のことを考えてしまうのだ。

ドアが開き、ぞろぞろと医師たちが入ってきた。緩和ケアチームのメンバーたちだ。陸は両隣に座る陽子と吉岡に視線を送り、小さく頷きあう。これからのやり取りに向け、気合を入れ直した。

陽子がメンバーに資料を配る。この日は若くして、長いこと痛みに苦しみ続けている女性患者について話し合うことになっていた。招集したのは陸だ。陸は資料をもとに、痛みがいかに彼女の人生を耐えがたいものにしているかを改めて説明する。そして、彼女の希望と、それに少しでも沿うため、練りに練った治療方針を熱弁した。

彼女を一番身近で見てきた担当医師は、その苦痛を誰よりも知っているはずだ。

しかし、彼は資料を眺めながら、しきりに首を捻っていた。その表情は、陸の言葉を大げさだと暗に責めている。

「ええと、話を聞いてる感じだと、彼女に耐えがたい苦痛がある、と見なしていいのでしょうか？　まだ意識もあるし、トイレにだって歩いていける。ごはんだって食べられる」

まるで彼女を直接見たことがあるとは思えない担当医師の言葉に、陸は必死に怒りを抑え込みながら、冷静に反論する。

「いや、食事は無理に取ってるんですよ。二時間置きに吐いてる。トイレに籠もって、呻き声あげてるじゃないですか⁉　治る見込みがあれば、いい。ないんですよ。なぜ、患者に苦しみの時間を増やす。本人はもう一カ月も前から鎮静を望んでるんですよ」

鎮静とは、鎮静剤を投与して患者の意識水準を下げる医療行為のことだ。終末期の苦痛を緩和することを目的としている。一般的な医療行為ではあるが、患者の苦痛が具体的にどれほどのものなのか、医師にはわからないため、鎮静を行うかどうかの判断は割れることも少なくない。

覚悟はしていたが、会議は平行線だった。鎮静を望む女性患者を担当している医師が、鎮静に対し、慎重な考えを持っていることはわかっていた。その上で、カンファレンスに向けて、準備をしてきたつもりでいたが、あまりに頑なな態度に、初めから意見を聞く気もないのではないかと思ってしまう。

この医師も患者を思って慎重になっていることはわかる。しかし、実際に、患者は鎮静を望んでいるのだ。もしかしたら、今この瞬間にも、激しい痛みに耐えながら、薬の助けを待っているかもしれない。

「いや、まあ、病院のリスクを考えるとねえ。まだ、僕が見ている限り鎮静は早いかと……」

「見るって、廊下からチラッと見るだけだろ」

彼なりの信念があるものと思っていただけに、病院のリスクを持ち出され、陸はかっとなった。

「何時間彼女と話した⁉　何時間彼女の思いを聞いた⁉」

「先生！」

吉岡が陸の腕を押さえ、なだめるように言う。しかし、陸の言葉は止まらなかった。

「誰のための医療だ⁉　誰のための鎮静だ⁉　なぜ患者自らが自分の死の形を決めてはいけない⁉　苦しいのはお前じゃない。患者だ」

「先生！」

思わず立ち上がり、直接食ってかかろうとした陸の腕を陽子が強く引く。そして、すかさず、医師たちに向けて、少々顔を引きつらせながらも、にこやかに告げた。

「すみません。今日のカンファレンスここまでで」

カンファレンスルームを出て、食堂に向かう間も、陸の怒りは収まらなかった。

「気持ちはわかるけど、先生」

「あれじゃまとまるものもまとまりませんよ。患者さんのこと思うなら、うまくこっちに誘導しないと」

やんわりと指摘する吉岡に対し、陽子は冷静にずばりと指摘する。その言葉で、少し頭が冷えた。

「……つい熱くなった」

陸は自分の不甲斐なさに項垂れた。自分がもっとうまく立ち回れば、鎮静を待ち望んでいる棚橋(たなはし)という患者に、きっといい報告ができたのだ。

「次のカンファレンスまでに作戦、練りましょう」

陽子がぐっと拳を握って、陸を励ます。陸はなんとか笑みを浮かべ、頷いた。


あれから、陸と成瀬は言うなれば死の旅から戻ってきた。そして、三年が経ち、陸は内科で緩和ケアチームを立ち上げた。患者が少しでも安心して、優しく死を迎えられるように。

緩和ケアチームの中でも意見が割れることは少なくないが、それ自体は悪いことではないと陸は考えている。一人の医師の意見で方針が決まってしまうのも危険なことだからだ。いろいろな立場の医師が、それぞれに真摯に患者の声に耳を傾けるというのが大事なのだ。

とはいえ、建前や病院の都合を持ち出されると、どうしたって腹は立つのだが。

「緩和ケアってさ。鎮痛剤を打つなんて誰でも出来る。なんのテクニックもいりゃしない」

昼食のうどんを載せたお盆を手に、食堂の空いている席を探していると、背後から聞こえよがしな声がした。くるりと振り返る。すぐ後ろに、外科医の団体が座っていた。

吉岡は困惑したように視線を泳がせ、陽子は刺すような視線を向けている。

先ほどの外科医の言葉に、仲間たちはどっと笑った。

「ホントだよな。治すのが医者だろ」

その言葉にさっと陽子の顔色が変わった。

「あら、バチスタオペより難しいと思うけど」

先ほど言葉を発した二人が、そろって「はあ?」という顔をする。陽子はふんと鼻を鳴らした。

陽子は「ここより」と自分の腕を指し、「ここと、ここ」とこれ見よがしにゆっくりと頭と胸を指さした。

「ハートがものを言うのよ。君らには一生無理ね。器用なだけの猿が」

「なんだと?」

挑発的な陽子の言葉に、たちまち外科医の一人が椅子を蹴るようにして立ち上がり、気色ばむ。慌てて吉岡が二人の間に割って入り、あわあわと手を振った。

「うわあ、やめてください」

陸はそっと陽子の肘を引いた。

「あっち、場所変えよ」

陸たちは外科医を睨みつける陽子を引きずるように移動すると、彼らから遠い席を選んで座った。

陽子はまだしばらく腹を立てていたが、カレーを半分ほど食べたところで落ち着いたようだ。「今度は私が熱くなった」と照れ臭そうに言った。

陸は思わず笑う。

遠くに、小宮の姿が見えた。すぐに陸たちに気付き、ようっと軽く手を上げる。陸はぺこっと頭を下げた。

三年前、本来であれば、戻ることが許されなかったであろうこの場所に戻してくれたのは、小宮だった。とっくに受理されていると思っていた退職願は、小宮が処分してくれていた。

陸は表向き、長期休暇という扱いになっていた。休暇中、ボランティアで成瀬の旅をサポートしたという筋書きらしい。病院に戻った陸は、期限も決めずに、休みを取り続けたことを社会人として咎められ、成瀬の夢をかなえるためとはいえ、早めに病院に戻さなかったことを医師として咎められはしたが、それぐらいだった。

三年前、旅から戻った陸に小宮は言った。

「お前は戻って来ると信じてた。どうだ？　外科にまた戻るか？　その手もなくはない」

ずっと外科に未練があった。手さえ震えなければ、という思いを抱えていた。しかし、あの時、陸は一瞬の躊躇もなく答えていた。

「いえ。内科で。オッサンの、成瀬さんの担当で」

18

三年前、陸は元の通り、成瀬の担当となった。

なるべく成瀬についていてあげたいという気持ちはあったが、大学病院の医師に多くの時間はない。一緒に過ごせる時間はごくわずかだった。

それでも、二人は、陸が成瀬の病室を覗く度に、限られた時間で言葉を交わしあった。

「俺は心の旅をしてる。過去の旅だ」

成瀬の体はあっという間に、一回りも二回りも小さくなった。もうきっとバイクの二人乗りもできないだろう。PK対決も無理だ。車での長距離移動も厳しいだろう。しかし、病室のベッドに横たわったまま、成瀬は記憶の中を旅し続けていた。

「言葉のかけらが降って来る。誰かの言った言葉が、バラバラになって単語だけになって。刃のように刺さる……優しい言葉は、甘い綿菓子の雪みたいに降って来るな」

「オッサン、書き留めますか？」

陸が尋ねると、成瀬はふっと笑った。もうこのやり取りも何度二人の間で繰り返したことだろう。

「いや、お前が覚えといてくれ……お前が俺のいたこと、覚えといてくれ」

「はい」

陸は思わず涙ぐむ。忘れるわけがない。成瀬と交わした言葉はノートに書き留めたものだけでなく、すべて陸の中にあった。

「記憶も降って来るなあ。刃のような痛い記憶も、ああ……いいことはあんまり思い出せない」

「そんなことないでしょ？　旅、楽しかったっすよ」

「そうか……ホントだ。百合ちゃんにも会えた。花火も見たなあ」

ついこの間のことだというのに、成瀬は遠い昔を懐かしむように笑った。

成瀬は日に日に弱っていった。激しい痛みを訴える頻度も増え、陸は他の医師とも相談し、意識水準を下げるべく、鎮静剤を使った。痛みと薬でぼうっとしている時間が増えていったが、元気な時はノートパソコンを立ち上げ、忙しそうにしていた。最後となる小説を執筆していたのだ。旅をする男の話だ。読ませてもらったが、二人が経験した旅とはまるで違っている。でも、どこか繋がっている気もした。

成瀬は追われるように書き続け、とうとう桜が咲く前に、すべてを書き上げた。久しぶりの成瀬翔の小説は出版界の噂になり、各社の担当者の間で争奪戦が起きたという。

小説を書き上げ、緊張の糸が切れたのか、成瀬がうとうとする時間がぐんと増えた。

もう三カ月と告げられた余命は超えている。春まで延びたのだ、もう一度、桜を見てもらえるかもしれないと期待もしてしまう。

薬を計画的に投与し、だいぶ痛みを緩和しているとはいえ、苦しくないはずはないのに、もう成瀬は死にたいとは言わなかった。

それどころか、意識がはっきりしているときは、陸の悩みを聞きだし、その言葉で背中を叩いてくれた。

「オッサン。僕たちは、いろんな問題を抱えたまま、前に進むしかないですね。とりあえず、今日を生きるんですね」

「日本を、病気の人も、もっと生きやすく、死にやすくしてやってくれよ。生きることは、自分で何とかできる。しないといけない。ただ、死ぬことは、自分ではなんともできない。お前、医者だ。考えてくれよな。この先のこの国を」

自分の人生さえままならないというのに、国の未来を託されるのはいささか荷が重い。

それでも、少しでも、成瀬の信頼に応えたいと思った。

この内科から、ひとりひとりの患者の言葉に向き合うことから、始めようと。

いよいよ最期の時が迫っているということは、多分、医師でなくてもわかっただろう。

ここ数日、予断を許さない状況が続いていた。

陸はじりじりしながら、ある人を待ち続けていた。成瀬が一番会いたいと思っているだろう人物、娘のちひろだ。

ちひろに会うときのドーピングを頼むと言っていたのに、成瀬は一向に彼女に連絡をしようとはしなかった。陸が促しても、うるさそうに一蹴する。しかし、病室の屑籠からは、書き損じの手紙がいくつも見つかった。震える字で、ちひろへと書かれた手紙は、どれも数行で止まっていた。

陸はすぐにちひろに手紙を書いた。返事がなくても、何度も何度も送った。

成瀬が病院にいることを告げ、次に余命宣告されたことを告げた。それでも、まだ反応はない。ついに陸は情に訴えることにした。

あの時、洗濯物を干しているあなたを見て、オッサンは泣いていた。

あなたが、よだれかけを干していたからだ。

オッサンは海に流されたウサギのぬいぐるみを救い上げ、あなたを笑顔にしたことを、まるで武勇伝のように何度も口にしている。本当に自慢げに、何度も何度も。

どうか最後に会ってほしい。会わせてあげてほしい。

何日も何日も推敲に推敲を重ね、そのようなことを手紙に書いて、ちひろに送った。読んでくれたら、きっとすぐに駆け付けてくれる。そう思ったけれど、ちひろは顔を見せなかった。

人の家の事情に首を突っ込むなと怒りを買ったのだろうか、それとも、そもそも開封すらしていないのだろうか。

弱っていく成瀬の姿に、焦燥感が募った。

そして、ついにその日が訪れた。

その日は雲一つない晴天だった。蒼穹(そうきゅう)に映える桜のピンクが非現実的なほど美しかった。

成瀬は病室の窓から見える満開の桜を見て、「叶ったな」とかすれた声で呟いた。その表情が少し得意げに見えて、「はい」と陸は笑う。

「楽しかったな、旅」

「はい」

「美味かったな、ウインナー」

「はい」

「ありがとな」

「いえ」

うまく薬が効いていて、成瀬の顔に苦しみは浮かんでいない。そのことを陸は誇らしく思った。

「いい医者になれよ。俺みたいな幸せな患者、増やせよ」

成瀬の言葉に涙が溢れる。何よりうれしい言葉だった。天才外科医と呼ばれていた頃よりずっとうれしい。

次々に溢れる涙が、ベッドにぽたぽたと落ちる。成瀬は「泣くなよ」と少し困ったように言った。

「泣くな。最後に笑ってくれよ」

陸は小さく頷き、泣きながら笑った。そのぐしゃぐしゃの顔を見て成瀬はくすっと笑う。

「ボーヤ先生だ」

そうぼんやりとした声で呟くと、成瀬は疲れたように息を吐き、ゆっくりと目を閉じる。

「オッサン、もう少し。もう少しだけ。僕、ちひろさん、呼んだんすよ」

「余計なことしやがって……」

怒ってはいない。お前はそういうやつだと呆れるような口調だった。

余計なことをするのは、これで三回目。野球ならスリーアウトだ。

最後の最後に本当に余計なことをしたかと、思ったら怖くなる。

娘に会えるかもしれないと期待をさせたのは、残酷なことだったのではないか。

陸は心の中で必死に神に祈った。いるわけがないと切り捨てていた存在に向かって、必死になって祈った。

どれだけ経っただろう。

「ちひろ……さん？」

陽子の声に、陸は弾かれたように病室の入り口を見た。そこに立っているのはちひろだった。小さな男の子の手を引いている。

「お父さん、お父さん！」

ちひろは真っすぐに成瀬に駆け寄り、そっとその体に触れた。

成瀬の反応はない。もう目は閉じられたままだ。表情の削げ落ちた顔は、一瞬にして十は老けたように見える。しかし、確かにその薄くなった胸は上下し、呼吸を繰り返していた。

「あのね。お父さんに見せたい人いるの。私の息子」

ちひろによく似た、あどけない表情がかわいらしい少年だった。手には赤いウサギのぬいぐるみを大切そうに抱いている。

「お父さんの孫だよ。男の子のくせに、ぬいぐるみ好きで、ほら、あの私の好きだったウサギ持ってるの。ほら、ジイジだよ」

「ジジ！」

少年は躊躇いながらも呼びかける。やはり反応はない。

ちひろは少年の手を取り、成瀬の手に重ねた。陸ははっと息をのむ。一瞬だが、成瀬の手が少年の小さな手を握り返したように見えたのだ。

少年の手の上から、ちひろが手を重ねる。

（さわれるってのは、お前。生きてる証拠だよな。……死ぬってのは、こうしてさわれなくなることなんだよなあ……）

その光景を見ながら、陸は成瀬の言葉を思い出していた。

思わず成瀬を抱きしめてしまったあの時の言葉。陸はあの時の体温を思い出す。あの時の確かな感触を。

ちひろがぎゅっと手に力を籠める。その時、ゆっくりと成瀬の顔が綻んだ。幸せそうな、温かな笑顔。

ちひろははっと息を呑み、思わずというように呼び掛けた。

「お父さん！」

それが成瀬の最期だった。ゆっくりとまるで春の雪のように、笑顔が消えていく。

もう意識はないはずなのに、最期に成瀬が浮かべた笑み。それはいつまでも胸に焼き付くような、今までで一番いい笑顔だった。

19

青空が目に入り、陸は階段の踊り場で、ふと足を止めた。

「あの時の雲に似てる」

「え？」

一緒に歩いていた陽子が、つられたように空を見上げる。

「オッサンが逝った日の空」

「覚えてるんですか？」

あの日、嘘みたいな青空を見上げて、陸は泣いたのだった。空の青さに、泣いてしまった。

もうオッサンがこの空を見られないのだと思ったら、オッサンの分まで見てやろうと、首がおかしくなるまで見上げていた。

自分は少しだけオッサンの心の旅につきあえただろうか?と今更ながらに思う。成瀬と過ごした最後の時間は、今思うと、この世の時間を越えていた気がする。絶対にきっかり一日二十四時間なんかじゃなかった。時間が伸びたり縮んだりしていた。

そういえば、と再び歩き出しながら、陸は反芻するように、成瀬の言葉を思い返す。

病院に戻った後に、陸は成瀬に尋ねたのだった。

「薬を、魔法の薬1を使わなかったのは、僕を犯罪者にしないためですか?」、と。成瀬は笑って首を横に振った。

「いや、違うよ。明日も生きてたい、と思ったからだよ。あんたのおかげかもな」

その言葉を胸に抱きしめて生きようと思った。

呆れられながらも、とことんしつこく患者さんに付き合おう、と。

陸は病室に向かった。今日のカンファレンスの結果を報告するためだ。

鎮静を待ち続けている棚橋は、三十代の女性患者だ。

人に気を遣うのが習い性となっているのか、陸に対しても、遠慮がちなところがある。

そんな彼女が、はっきりと鎮静を望んだのだ。なんとしても叶えてやりたかった。

今日こそは彼女にいい報告をしたいと意気込んでのぞんだカンファレンスだっただけ

に、今回はダメだったと告げるのは、心が痛んだ。今更ながらに、自分の大人げない態度が悔やまれる。

「そうですか……まだ鎮静ダメですか」

棚橋は肩を落とした。痛みで夜も十分に眠れないのだろう。ひどく疲れた顔に胸を突かれる。陸は「ごめん」と大きく頭を下げた。

「今度の、明後日のカンファレンスで必ず、うまくまとめる」

「信じます」

棚橋は真剣な目で言った。短いけれど、ずしりと重たい言葉だ。陸は今度こそしっかりこの言葉を受け止めなければと思う。

「棚橋さんに、安心して……逝ける場所を作ることが僕の仕事です」

「安心して死ねる場所」

「……はい、苦しまず。できる限り苦しまず」

そのためにも、まずは明後日のカンファレンスだ。陸は気合を入れ直す。

続いて、陸は同室の患者の診察に取り掛かった。

同室の井上はカルテによると、もう七十歳を越えている。しかし、リクライニングベッドを起こして、読書にふける彼女の姿は、凛とした女学生のように見えた。

陸の姿を認めると、本にしおりを挟み、少しはにかむように笑う。

「安定してますよ」

一通りのチェックを終え、井上の体から聴診器を外しながら、陸が言う。

井上はため息をついた。

「私は私である限り、幸せになれない」

まるで謎かけだ。どういう意味かと戸惑っていると、深くうつむきながら、彼女が言う。

「いつだって病気がついて来ました」

ああ、そうかとようやく陸は気づく。安定してますよ、なんて言われても、井上はまるで安心などできないのだ。病気とうまく共存できていますよ、と言われているようなものだ。病気が治ってきていますよ、というわけではない。井上の病気は治らない。彼女は彼女である限り、病気とともにあり続ける。

「そうかもしれない」

陸が肯定したことに、井上は不思議そうな顔をする。これまで、そんなことはない、幸せになれる、と耳に心地よさそうな言葉を言われ続けてきたのかもしれない。

「でも、幸せにはなれないかもしれないけれど、幸せな瞬間はあるんじゃないですか？」

「え」

「誰かの冗談に、笑うことないですか？　今日は気持ちいい天気だなって心晴れることないですか？　淹れたてのほうじ茶、うまいなって思うことないですか？」

陸が畳みかけるように言うと、井上は上品に口元を覆って、ふふっと笑った。

「先生、イケメンでよかったなあって思うこと、あります」

笑顔がうれしくて、陸はふざけて小さくガッツポーズまでしてみせる。

「幸せってゴールですかね？　生きてるとたまに吹く、ご褒美みたいな、気持ちいい風のことじゃないですかね？」

井上は少し考えて、曖昧に頷いた。

「……私、先生、少し眠ります。眠れそうです。そういえば、眠る瞬間も幸せかも」

そういう彼女の声は少し眠たげで、柔らかい。陸はにっこり笑った。

「鎮痛剤効いて来たかな」

「先生、手つないでいいですか？」

「え……。はい、こんなんでよければ」

陸は差し出された手を、そっと握った。井上はゆっくりと目を閉じる。

「小さい頃の息子のような、とうに死んじゃった夫の手のような、あ……自分が小さい頃につないだ母の手のような……」

「そんな素敵な手だったらいいけど……」

井上の閉じた目から、すっと一筋の涙が頬を伝っていく。

「これは、先生。いい涙です」

彼女は繋いでいない方の手で涙を拭う。

「はい」

陸はしばらく手をつないだまま、じっとしていた。

井上の呼吸音が規則正しくなり、手からゆっくりと力が抜けていく。

陸はそっと、井上の手をベッドの上に戻した。

窓際にある井上のベッドの上には、ちらちらと木漏れ日がさしている。

ゆらゆらと光が揺れる様は、太陽を受けた波のようだ。

窓の外では桜が、風にその花を散らしている。

また一年経ったのだなと、その光景に思う。

(オッサン、元気ですか？　僕、生きてます。元気です。患者さんに助けられながら、なんとか生きることにしがみついてます)

陸は心の中で成瀬に語り掛けた。その時の思いを、成瀬に向かって言葉にするというのが、いつのまにか癖になっている。

一緒に生きている。そんな感覚が確かにある。

成瀬との旅を終えて、陸は息子に連絡を取った。最初は取り付く島もなく、ほとんど無視されていたけれど、今は五回に一回ぐらいは、メッセージを返してくれるようになった。粘り勝ちだ。成瀬という中で、自分が案外、諦めが悪いたちだということを知った。自分には何もないと思っていたけれど、諦められないものがいくつもあることも。

窓から差し込む木漏れ日は柔らかいのに、じっと見ていると眩しいほどで、陸は少し手をかざす。日差しが井上の顔にもかかっていることに気付き、少しだけカーテンを引いた。

彼女の顔がひどく安らいでいて、ほっとする。一秒でも長く、彼女の穏やかな時間が続くことを心から願う。

（なかなかこの国じゃ、ここじゃ、安らかに死ねる場所の約束は難しいけれど、それでも、僕なりに頑張ってます。患者さんたちに、ああ、やっと、この世とおさらばできる、じゃなくて、この世も悪くなかったなって思って逝って欲しいんです。

だって、この世って悪くないじゃないですか？）

病室を覗き込んだ看護師が、「先生」と呼ぶ。患者が呼んでいるらしい。陸は「ああ、行く」と短く答えると、窓から離れた。

ふと後ろ髪をひかれたような気になって、振り返る。

一瞬、本当にそこでオッサンが笑っているようだった。木漏れ日の淡い光に包まれて。

木漏れ日に背を向ける。患者が待つ病室へと向かいながら、脳裏にはゆらゆらと美しい木漏れ日の残像が揺れている。

（この世は、美しいな）
声が、聞こえた気がした。

脚本：北川悦吏子
ノベライズ：前川奈緒

本書は文庫オリジナルです

「ＴＲＡＩＮ－ＴＲＡＩＮ」作詞・作曲　真島昌利
「恋の一時間は孤独の千年」作詞・作曲　松任谷由実
日本音楽著作権協会（出）許諾　第２３１０２２２－３０１号

文春文庫

生きとし生けるもの

定価はカバーに表示してあります

2024年3月10日　第1刷

著　者　北川悦吏子

発行者　大沼貴之

発行所　株式会社　文藝春秋

東京都千代田区紀尾井町 3-23　〒102-8008
TEL　03・3265・1211(代)
文藝春秋ホームページ　http://www.bunshun.co.jp

落丁、乱丁本は、お手数ですが小社製作部宛お送り下さい。送料小社負担でお取替致します。

印刷製本・大日本印刷

Printed in Japan
ISBN978-4-16-792183-5

（　）内は解説者。品切の節はご容赦下さい。

貴志祐介
悪の教典（上下）
人気教師の蓮実聖司は裏で巧妙な細工と犯罪を重ねていたが、綻びから狂気の殺戮へ。クラスを襲う戦慄の一夜。ミステリー界の話題を攫った超弩級エンターテインメント。（三池崇史）
き-35-1

貴志祐介
罪人の選択
パンデミックが起きたときあらわになる人間の本性を描いたSFから手に汗握るミステリーまで、人間の愚かさを描く、貴志祐介ワールド全開の作品集が、遂に文庫化。（山田宗樹）
き-35-4

京極夏彦
定本　百鬼夜行―陽
『陰摩羅鬼の瑕』ほか、京極堂シリーズの名作を彩った男たち、女たち。彼らの過去と因縁を「妖しのもの」として物語る悲しく恐ろしいスピンオフ・ストーリーズ第二弾。初の文庫化。
き-39-1

京極夏彦
定本　百鬼夜行―陰
人にとり憑く妄執、あるはずもない記憶、疑心暗鬼、得体の知れぬ闇。それが妖怪となって現れる。『姑獲鳥の夏』ほか名作の陰にあった物語たちを収める。百鬼夜行シリーズ初の短編集。
き-39-2

北川悦吏子
半分、青い。（上下）
高度成長期の終わり、同日同病院で生まれた幼なじみの鈴愛と律。夢を抱きバブル真っただ中の東京に出た二人を待ち受けるのは……。心は、空を飛ぶ。時間も距離も越えた真実の物語。
き-42-2

北川悦吏子
ウチの娘は、彼氏が出来ない!!
天然シングルマザーの母としっかり者のオタク娘に、突如吹きつけた恋の春一番。娘にとっては人生初の、母にとっては久々の、恋！　トモダチ母娘のエキサイティングラブストーリー。
き-42-4

木下昌輝
宇喜多の楽土
父・直家の跡を継ぎ、豊臣政権の中枢となった宇喜多秀家。関ヶ原で壊滅し、八丈島で長い生涯を閉じるまでを描き切った傑作長編。秀吉の寵愛を受けた秀才の姿とは……。（大西泰正）
き-44-3

（　）内は解説者。品切の節はご容赦下さい。

木下昌輝
炯眼に候
天候を予測するには？　鉄砲をどう運用するのか？　毛利水軍に勝てる船とは……。信長の戦の裏には恐ろしいまでの合理的思考があった。信長像を大きく飛躍させる傑作小説。（天野純希）
き-44-4

喜多喜久
プリンセス刑事
弱き者たちの反逆と姫の決意
豊洲で高齢者を狙う殺人事件が発生。王位継承権を持つ刑事・日奈子はバディの芦原とともに次の犠牲を防ぐことが出来るのか!?　ノンストップのもっとも〝尊い〟刑事シリーズ第三弾！
き-46-3

樹林　伸
東京ワイン会ピープル
同僚に誘われ初めてワイン会に参加した桜木紫野。そこで織田一志というベンチャーの若手旗手と出会う。ワインと謎多き彼の魅力に惹かれる紫野だったが、織田にある問題がおきて……。
き-47-1

黒川博行
国境（上下）
「疫病神コンビ」こと二宮と桑原は、詐欺師を追って北朝鮮に潜入する。だがそこで待っていたものは……。ふたりは本当の黒幕に辿り着けるのか？　圧倒的スケールの傑作！　（藤原伊織）
く-9-10

黒川博行
泥濘（ぬかるみ）
歯科医院による診療報酬不正受給事件で、大阪府警ＯＢらが逮捕された。極道の桑原はシノギになると睨み、建設コンサルタントの二宮を連れ「白姚会」組事務所を訪ねる。　（小橋めぐみ）
く-9-14

熊谷達也
邂逅の森（かいこう）
秋田の貧しい小作農・富治は、先祖代々受け継がれてきたマタギとなり、山と狩猟への魅力にとりつかれていく。直木賞、山本周五郎賞を史上初めてダブル受賞した感動巨篇！　（田辺聖子）
く-29-1

窪　美澄
さよなら、ニルヴァーナ
少年犯罪の加害者、被害者の母、加害者を崇拝する少女、その運命の環の外に立つ女性作家……各々の人生が交錯した時、何を思い、何を見つけたのか。著者渾身の長編小説！　（佐藤　優）
く-39-1

（　）内は解説者。品切の節はご容赦下さい。

小松左京
アメリカの壁
アメリカと外界とが突然、遮断された。いったい何故？　四十年前にトランプ大統領の登場を予言した、と話題沸騰の表題作を含む、SF界の巨匠の面目躍如たる傑作短編集。（小松実盛）
こ-5-13

小松左京　原作・吉高寿男　ノベライズ
日本沈没2020
二〇二〇年、東京オリンピック直後の日本で大地震が発生。普通の家族を通じて描かれた新たな日本沈没とは。究極の選択を突きつけられた人々の再生の物語。アニメを完全ノベライズ。
こ-5-14

小杉健治
父の声
東京で暮らす娘が婚約者を連れて帰省した。父親の順治は娘の変化に気づく。どうやら男に騙され覚醒剤に溺れているらしい。娘を救おうと父は決意をするが……。感動のミステリー。
こ-15-2

小池真理子
死の島
末期のがんと判明したひとりの男が「自分らしい幕引き」を求め、周到な準備を進める。ひとり冬の信州に向かった男が選び取った尊厳死とは――圧倒的長編。（白石一文）
こ-29-10

今野　敏
アクティブメジャーズ
「ゼロ」の研修を受けた倉島に先輩公安マンの動向を探るオペレーションが課される。同じころ、新聞社の大物が転落死した。二つの事案は思いがけず繋がりを見せ始める。シリーズ第四弾。
こ-32-4

今野　敏
防諜捜査
ロシア人ホステスの轢死事件が発生。事件はロシア人の殺し屋による暗殺だという日本人の証言者が現れた。ゼロの研修から戻った倉島は、独自の〝作業〟として暗殺者の行方を追う！
こ-32-5

佐藤愛子
血脈（全三冊）
物語は大正四年、人気作家・佐藤紅緑が、新進女優を狂おしく愛したことに始まった。大正から昭和へ、ハチロー、愛子へと続く佐藤家の凄絶な生の姿。圧倒的迫力と感動の大河長篇。
さ-18-29

（　）内は解説者。品切の節はご容赦下さい。

笹本稜平
還るべき場所
世界2位の高峰K2で恋人を亡くした山岳家は、この山にツアーガイドとして還ってきた。立ちはだかる雪山の脅威と登山家たちのエゴ。故・児玉清絶賛の傑作山岳小説。（宇田川拓也）
さ-41-3

笹本稜平
春を背負って
先端技術者としての仕事に挫折した長嶺亨は、山小屋を営む父の訃報に接し、脱サラをして後を継ぐことを決意する。山を訪れる人々が抱える人生の傷と再生を描く感動の山岳短編小説集。
さ-41-4

佐々木　譲
代官山コールドケース
神奈川県警より先に17年前の代官山で起きた女性殺しを解決せよ。密命を受け、特命捜査対策室の刑事・水戸部は女性刑事とコンビを組んで町の奥底へ。シリーズ第二弾。（杉江松恋）
さ-43-7

坂木　司
ワーキング・ホリデー
突然現れた小学生の息子と夏休みの間、同居することになった元ヤンでホストの大和。宅配便配達員に転身するも、謎とトラブルの連続で!?　ぎこちない父子の交流を爽やかに描く。
さ-49-1

坂木　司
ウィンター・ホリデー
冬休みに再び期間限定の大和と進の親子生活が始まるが、クリスマス、正月、バレンタインとイベント続きのこの季節はトラブルも続出……。大人気「ホリデー」シリーズ第二弾。（吉田伸子）
さ-49-2

桜庭一樹
私の男
落魄した貴族のようにどこか優雅な淳悟は、孤児となった花を引き取る。内なる空虚を抱えて、愛に飢えた親子が超えた禁忌を圧倒的な筆力で描く第138回直木賞受賞作。（北上次郎）
さ-50-1

桜庭一樹
荒野（こうや）
恋愛小説家の父と鎌倉で暮らす少女・荒野。父の再婚、同級生からの告白、新たな家族の誕生……。十二～十六歳、少女の四年間を瑞々しく描いた成長物語が合本で一冊に。（吉田伸子）
さ-50-8

（　）内は解説者。品切の節はご容赦下さい。

ブルース
桜木紫乃
貧しさから這い上がり夜の支配者となった男。彼は外道を生きる孤独な男か？　女たちの夢の男か？　謎の男をめぐる八人の女の物語。著者の新境地にして釧路ノワールの傑作。（壇　蜜）
さ-56-3

へぼ侍
坂上　泉
明治維新で没落した家を再興すべく西南戦争へ参加した錬一郎。しかし、彼を待っていたのは、一癖も二癖もある厄介者ばかりの部隊だった――。松本清張賞受賞作。（末國善己）
さ-75-1

プルースト効果の実験と結果
佐々木　愛
東京まで新幹線で半日かかる地方都市に住む女子高生の不思議な恋愛を描いた表題作、オール讀物新人賞受賞作「ひどい句点」等こじれ系女子の青春を描いた短篇集。（間室道子）
さ-76-1

冬の光
篠田節子
四国遍路の帰路、冬の海に消えた父。家庭人として企業人として恵まれた人生ではなかったのか……足跡を辿る次女が見た最期の景色と人生の深遠が胸に迫る長編傑作。（八重樫克彦）
し-32-12

風のベーコンサンド
高原カフェ日誌（ダイアリー）
柴田よしき
東京の出版社をやめ、奈穂が開業したのは高原のカフェ。訪れるのは娘を思う父や農家の嫁に疲れた女性……。心の痛みに効くカフェご飯が奇跡を起こす六つの物語。（野間美由紀）
し-34-19

草原のコック・オー・ヴァン
高原カフェ日誌（ダイアリー）Ⅱ
柴田よしき
奈穂のカフェ「Son de vent（ソン・デュ・ヴァン）」二度目の四季。元ロックスターが店にあらわれる。ワイン造りを志す彼を奈穂が助けるうちに、噂が立ち始め――　シリーズ第二弾。（藤田香織）
し-34-20

小袖日記
柴田よしき
現代人女性「あたし」が雷に打たれ目覚めればパラレル平安朝。大人気小説「源氏物語」の作者・香子さまを手伝い、女房・小袖として姫君たちの本当の歓びと悲しみを知る。（山本淳子）
し-34-21

（　）内は解説者。品切の節はご容赦下さい。

大崎 梢・加納朋子・近藤史恵・篠田真由美・柴田よしき
永嶋恵美・新津きよみ・福田和代・松尾由美・松村比呂美・光原百合
アンソロジー 隠す
誰しも、自分だけの隠しごとを心の奥底に秘めているもの——。実力と人気を兼ね備えた11人の女性作家らがSNS上で語り合い「隠す」をテーマに挑んだエンターテインメントの傑作！
し-34-51

真保裕一
こちら横浜市港湾局みなと振興課です
山下公園、氷川丸や象の鼻パーク、コスモワールドの観覧車、外国人居留地——歴史的名所に隠された謎を解き明かせ。港町・横浜ならではの、出会いと別れの物語。（細谷正充）
し-35-9

真保裕一
おまえの罪を自白しろ
衆議院議員の宇田清治郎の孫娘が誘拐された。犯人の要求は「記者会見を開き、罪を自白しろ」。犯人の動機とは一体？　圧倒的なリアリティで迫る誘拐サスペンス。（新保博久）
し-35-10

重松 清
その日のまえに
僕たちは「その日」に向かって生きてきた——。死にゆく妻を静かに見送る父と子らを中心に、それぞれのなかにある生と死、そして日常のなかにある幸せの意味を見つめる連作短篇集。
し-38-7

重松 清
また次の春へ
同じ高校に合格したのに、浜で行方不明になった幼馴染み。彼の部屋を片付けられないお母さん。突然の喪失を前に、迷いながら、泣きながら、一歩を踏みだす、鎮魂と祈りの七篇。
し-38-14

朱川湊人（みなと）
花まんま
幼い妹が突然誰かの生まれ変わりと言い出す表題作の他、昭和三、四十年代の大阪の下町を舞台に不思議な出来事をノスタルジックな空気感で情感豊かに描いた直木賞受賞作。（重松 清）
し-43-2

朱川湊人
幸せのプチ
若い日の罪が眠る町・琥珀。当時と変わらぬ喫茶店「青猫」で僕は、最悪の言葉を聞いた——サンダーバードのプラモデル、赤い公衆電話、白い犬。70＆80年代の景色が胸に響く連作集。
し-43-8

（　）内は解説者。品切の節はご容赦下さい。

僕のなかの壊れていない部分
白石一文
東大卒出版社勤務、驚異的な記憶力の「僕」は、どんな女性とも深く繋がろうとしない。その理屈っぽい言動の奥にあるのは絶望か渇望か。切実な言葉が胸を打つロングセラー。（窪　美澄）
し-48-4

ファーストラヴ
島本理生
父親殺害の容疑で逮捕された女子大生・環菜。臨床心理士の由紀が、彼女や、家族など周囲の人々に取材を重ねるうちに明らかになった環菜の過去とは。直木賞受賞作。（朝井リョウ）
し-54-3

検察側の罪人（上下）
雫井脩介
老夫婦刺殺事件の容疑者の中に、時効事件の重要参考人が。今度こそ罪を償わせると執念を燃やすベテラン検事・最上だが、後輩の沖野はその強引な捜査方針に疑問を抱く。（青木千恵）
し-60-1

革命前夜
須賀しのぶ
バブル期の日本から東ドイツに音楽留学した眞山。ある日、啓示のようなバッハに出会い、運命が動き出す。革命と音楽の歴史エンターテイメント。第十八回大藪春彦賞受賞作。（朝井リョウ）
す-23-1

里奈の物語　15歳の枷
鈴木大介
伯母の娘や妹弟の世話をしながら北関東の倉庫で育った少女・里奈。伯母の逮捕を機に児童養護施設へ。だが自由を求めて施設を飛び出す。最底辺で逞しく生きる少女を活写する青春小説。
す-26-1

強運の持ち主
瀬尾まいこ
元OLが〝ルイーズ吉田〟という名の占い師に転身！　ショッピングセンターの片隅で、小学生から大人まで、悩める背中をちょっとだけ押してくれる。ほっこり気分になる連作短篇。
せ-8-1

瀬尾まいこ
戸村飯店　青春100連発
大阪下町の中華料理店で育った兄弟は見た目も違えば性格も全く違う。人生の岐路にたつ二人が東京と大阪で自分を見つめ直す。温かな笑いに満ちた坪田譲治文学賞受賞の傑作青春小説。
せ-8-2

瀬尾まいこ
そして、バトンは渡された
幼少より大人の都合で何度も親が替わり、今は二十歳差の〝父〟と暮らす優子。だが家族皆から愛情を注がれた彼女が伴侶を持つとき——。心温まる本屋大賞受賞作。（上白石萌音）
せ-8-3

瀬尾まいこ
傑作はまだ
50歳の引きこもり作家のもとに、生まれてから一度も会ったことのない息子が現れた。血の繋がりしか接点のない二人の同居生活が始まる。明日への希望に満ちたハートフルストーリー。
せ-8-4

高村　薫
四人組がいた。
山奥の寒村でいつも集まる老人四人組の元には、不思議で怪しい客がやってきては珍騒動を巻き起こす。「日本の田舎」から今を描く、毒舌満載、痛烈なブラックユーモア小説！
た-39-3

高野和明
幽霊人命救助隊
神様から天国行きを条件に、自殺志願者百人の命を救えと命令された男女四人の幽霊たち。地上に戻った彼らが繰り広げる怒濤の救助作戦。タイムリミット迄あと四十九日——。（養老孟司）
た-65-1

高杉　良
世襲人事
大日生命社長の父に乞われ、取締役待遇で転職した広岡厳太郎。世襲人事と批判されるも、新機軸を打ち立てリーダーと認められていくが……。英姿颯爽の快男児を描く。（高成田　享）
た-72-9

高杉　良
不撓不屈
税理士・飯塚毅は、中小企業を支援する「別段賞与」という会計処理が脱税幇助だと激怒した国税当局から、執拗な弾圧を受ける。最強の国家権力に挑んだ男の覚悟の物語。（寺田昭男）
た-72-10